猎鹰行动

左绍忠 / 著

北京日报出版社

图书在版编目（CIP）数据

猎鹰行动 / 左绍忠著. --北京：北京日报出版社，
2018.11（2023.7重印）

ISBN 978-7-5477-2928-1

Ⅰ.①猎… Ⅱ.①左… Ⅲ.①短篇小说-小说集-
中国-当代 Ⅳ.①I247.7

中国版本图书馆 CIP 数据核字（2018）第 144254 号

猎鹰行动

出版发行：北京日报出版社

地　　址：北京市东城区东单三条 8-16 号东方广场东配楼四层

邮　　编：100005

电　　话：发行部：(010) 65255876
　　　　　总编室：(010) 65252135

印　　刷：成都国图广告印务有限公司

经　　销：各地新华书店

版　　次：2018 年 11 月第 1 版

印　　次：2023 年 7 月第 3 次印刷

开　　本：880 毫米×1230 毫米　　1/32

印　　张：5.25

字　　数：150 千字

定　　价：36.00 元

自 序

　　直到今天，我读自己近三十年来写过的一些作品，才猛然省悟，原来我在业余时间坚持写点文章，是因为我从懂事起，就一直想让自己在精神上得到升华，让自己变得谦卑，就像我近二十年来喜欢去河里找奇石一样，使我懂得在漫漫生命的长河中，一个人实在是太渺小，如果学不会弯腰，学不会对人谦让，就没有必要去写那些蝌蚪般密密麻麻的文字。

　　当然，我不否认，当初喜欢写杂七杂八的东西，尤其是写小说，在很大程度上只是属于一种业余爱好。直到 2002 年和 2003 年，我的两篇小小说在全国征文大赛上获奖后，好多读者给我写信，说读了我的文章，很受触动，学会了自我反省，知道了什么事该做什么事不该做，懂得了对亲情、友情、爱情的倍加珍惜。至此，我才真正明白，如果继续写下去，笔下的文字，已不仅仅是业余爱好，而是带着社会责任感的。

　　后来，我出版了长篇小说《生死特工》和《卧底》，不少读者又给我来信，说我写的小说跌宕起伏、充满悬念，很有正能量。他们给了我如此高的评价，我并没有沾沾自喜，反而觉得压力更大。老实说，我只是用手中小小的笔尖插在了生活的门窗上，用手指磕着键盘轻轻地敲在了社会的墙角边，仅此而已。

是的，仅此而已，但也意识到了文学的重要。

接下来的每次提笔，我都感觉到自己在洗涤心灵，令之净化，最后变成向善并向上的力量。甚至在执笔为文之时，既觉得神圣又觉得沉重，心中错综复杂的情绪难以言表。我只能说，自己每写下一篇文章，虽然不敢妄自尊大说是"文以载道"，但最起码，自己所写出来的东西，或多或少要给读者带去一点思考，一点裨益。哪怕只有一点点，哪怕只是一个小小的补丁，我才会感到欣慰，感到自己有点用处。

说真的，每当听到身边朋友称我为"作家"时，我总是不好意思，常常纠正他们说我只是作者，只是文学爱好者。在我看来，"作家"是个非常神圣的词汇。我能做一个对社会对读者稍稍有用的作者，已经很欣慰了。

本小说集作品多以底层小人物的爱情、婚姻、家庭、市井生活居多，或歌颂了一桩桩凄美动人的故事，或展示出官场上的主人公复杂心理，或鞭挞了社会转型时期为生活疲于奔波的人性固有的虚伪、自私与冷漠。同时，还挑选出《猎鹰行动》和《罪证》这两篇不同时期不同案件的小说。《猎鹰行动》歌颂了警察在犯罪嫌疑人的狡诈凶残中勇敢机智的奉献精神，让读者了解到接触社会阴暗面较多的警察应当受到关注、关爱。《罪证》通过文中主人公秋艺交出的一支狙击步枪以及她的回忆，揭露了当年日本军阀野心勃勃，包藏祸心，他们发动侵略战争对中国人民的残害，这种滔天罪行理应让更多的人记住。我把《罪证》放在最后，一是希望大家不忘国耻，振兴中华；二是鞭策自己不要写令读者思想堕落的东西，而是要确保每一篇文章，都能给人们或者社会带来一些或多或少的裨益。

知不足者可长进。今后，我会在工作之余挤出时间继续写下去。我算不上是太世俗的男人，知道自己能力有限，因此我会量力而行，能写多少写多少。实在写不出来时，宁可不写，也不会强求自己去粗制滥造，毕竟一个人活着，就得找点对社会、对家庭、对自己有益的事情去做。最后，希望读者能从这本小说集里，读出一些有益的东西来。

是为序。

目录 Contents

三 元 四 喜

三元和四喜俩人很要好，自小一块长大。后来，三元当了乡里的乡长，而四喜却成了乡里的养殖大户。

当了乡长的三元是个完美主义者，办事很有魄力。靠双手勤劳致富的四喜就很敬佩他，说阿元称得上风云人物，是块当官的料。

平时，三元回村，总是到四喜的养殖场去转悠，还指指点点，给四喜出主意。而四喜上街赶集，也会到三元的府上去拜访，还提着几只鸡啊鸭的。往往这时候，三元便板着脸：我说喜子，用不着这么客气吧？四喜憨笑着回答：正因为咱俩是兄弟，所以才有啥拿啥。三元点点头：也是，也是，不是自家兄弟不进自家门。

一次，酒桌上三元向四喜透露：喜子，咱村的小学上"光荣榜"了。上面来人检查说是危房，你看这事快把我急出病来了。

四喜一听，也跟着急起来：阿元，那你说该咋办？

三元咕了一口闷酒，想了想：喜子，咱俩是咱村里的名人，一个成了一乡之长，一个又是养殖大户，按说，咱村小学的校舍破败不堪，咱俩都责无旁贷是不？

四喜重重地点了点头：阿元，你拿主意吧，我听你的。

三元激动地拍了拍四喜的肩膀：好兄弟，有你这句话就行！接着，三元诉说自己从政这几年，两袖清风，身边没有一个子儿，还是喜子你好，脚踏实地搞发家致富，存折上少说也有六位数了。要不这样吧，喜子你先拿出几万元来重建校舍，就算阿元我借你的行不？否则我头上这顶乌纱帽恐怕难保了。

四喜见三元急得如同热锅上的蚂蚁，二话不说就带着存折到乡信用社提回五万元存款，丢在三元的办公桌上：阿元，你看够不？

三元望着五沓新崭崭的人民币从天而降，忙惊喜着说够了够了！一会又抬头望着四喜：我给你开张借条？

四喜一脸的不高兴：用得着吗？咱俩谁跟谁呀！再说，为咱村做点贡献，也是应该的。

三元感动得落泪：喜子你真好……

接下来是破土动工。为了尽快把本村的校舍建好，三元和四喜都忙得不亦乐乎。

新校舍落成典礼那天，三元招来了县电视台的记者。当三元接受记者采访时，三元站在摄像机镜头前春风满面地说：钱我是向四喜借的。而我身为一乡之长，本应起到带头作用，捐款建校算不了什么……

事后，三元借钱捐款搞希望工程一经报导，不久便官运亨通，调往县里高就去了。

后来，县里下乡有人认识四喜的，一见面就告诉他，说是三元捎话说在县里工作特忙，分不开身，要不早就来看望他了。四喜面呈感激，觉得阿元念旧情，够哥们。

有一回，四喜进城办事，去找三元，一进门才发现三元家早已鸟枪换炮，装修得富丽堂皇。四喜真替三元高兴，直夸三元既有政治手腕，又有经济头脑。三元苦笑，说屋里摆设只是装装门面而已，其实囊中羞涩得很。最后，三元提到了那五万元钱……

四喜不高兴了：瞧你，又来了，谁说要你还啦，那钱就算我捐的中不？

那一回三元和四喜都很兴奋，俩人喝了半天的酒。

直到秋后，四喜听说三元在县里犯事了，罪名是贪污公款，如今正被隔离审查哩。四喜着急，一得到信儿便风风火火地赶到城里。

见着四喜时，三元泪流满面：喜子，我这后悔啊……我本想弄点钱，好把你那五万块钱还上……

四喜听着也流泪了：我说阿元，你傻啊！我早说过，那钱我不要了，可你……再说，犯法的事随便做得吗？你呀，没钱用就吱一声嘛……

回家的路上，四喜难过极了，总认为三元是因为他才被送进监狱的。

阳台上的友谊

　　这座城市，说大不大，说小不小。就说我和老刘吧，虽然不在同一个单位上班，但我们却能天天面对面地说话。为什么呢？原来，我住在这一栋楼的第十二层，他住在那一栋楼的第十二层。我家大门朝东，老刘家大门朝西，假如我们之间互相来往，恐怕要走好长一段路程。我们都没有这么做。因为，我们的阳台对着阳台，阳台与阳台之间相隔不到五米。每天下班回家，我们都喜欢在自家的阳台上和对方瞎聊，谈一些身边小事或国家大事。日子久了，我们的友情也就渐渐地加深起来。

　　有一次，我们饭后在阳台上一边望星星一边聊天。我说，今天我下乡回来，见办公桌上有篇等着急用的稿件无缘无故不见了，因此特别恼火，不由分说便给同办公室的小张一顿臭骂。小张显得很委屈，说是下午台长等我不回，把稿件先拿走了。我当时想，小张是个初来乍到的毛头小子，骂了也就骂了，没啥值得道歉的。老刘不同意我的观点，他说，这你就错了，凡事都有前因后果，你总得问清楚后再下结论吧？再说，人没有高低贵贱之分，做人应学会尊重别人，才会得到别人的尊重。我沉默半晌，不好意思地望着老刘说，我咋就没想到呢？好吧，明天上班我去向小张赔礼道歉……

　　还有一次，老刘回家很晚。我在阳台上慢悠悠地吸着烟等他。直到夜深人静，老刘才从外面喝酒回来。他在对面的阳台上一出现，就冲我直喊，小伙子，还未睡呀！我说，睡不着，等你回来吹牛哪。的确，习惯成自然，我已把自己和老刘的谈话当成生活的一部分。老刘也有同感，他说我啥都能聊，毫无忌讳，不像他那些下属，对他要么溜须拍马，要么是点头哈腰，有时感觉很没意思。老刘在对面的阳台上也点了一支烟，深深地吸了一口，才说，刚好有件事向你请教。

　　我说，有啥事，你说吧。他又深深地吸了一口烟，说，我们局里要新建一栋办公楼，我负责这栋楼的工程建设，今天有个姓罗的老板请我吃饭，他说如果我把这项工程包给他做，他暗中给我吃百分之八的回扣，你说这事做得做不得？

　　我扔掉烟屁股，狠狠地踩了一脚，对老刘说，这不等于行贿吗？犯法的事劝你千万别做，否则……我建议你还是公开招标的好。老刘使劲地吸着烟。外面夜黑如墨，在明灭的火光中，我注意到老刘吸烟时脑子在不停地转动。最后老刘说，小伙子，谢谢你！你使我打消了犯罪的念头。我说，没啥，我只不过是用平常人的眼光来看事情。

　　有一段日子，看不见老刘，我心里未免有一丝牵挂。每天下班回来，望着对面空空的阳台，我心里也显得空荡荡的，总觉得欠缺点什么。后来我也出了趟远差。等我出差归来，老刘已先我而回了。我们一见面朝就特别的高兴。老刘尽埋怨我，说我走后也不放一盆花呀啥的在阳台上，害得他整夜整夜地睡不着觉。我说，你也一样，去外地参观学习却不告诉我一声。这么一说，两人心照不宣地笑了。

　　说实在的，我从未去过老刘家做客，就像他从未来过我家做客一样。听老刘讲，他的老婆孩子都在另一个城市生活，他可能不久会调回老婆孩子身边。我听了心扑扑地跳，觉得老刘走了很惋惜。老刘也慨叹地说，其实我也舍不得离开这阳台，但没办法，老婆和孩子总得有人照顾吧。

后来，在一个蒙蒙的雨天，老刘真的走了。老刘走时曾来过我家。听邻居说，他是扶着楼梯一层一层地走着上来的，浑身被雨水和汗水浸湿透了。当时老刘见我不在家，在门外足足等了我两个多小时，直到天黑下来，他才有些遗憾地掏出笔草草写了张纸条交到邻居手里，托邻居转交给我，接着匆匆忙忙地离开了。

……

那张纸条我至今仍小心翼翼地保留着。纸条里的内容是这样写的：小伙子，我走了。但不管走到哪里，我一辈子都忘不了我们阳台上的友谊!

是啊，人与人之间，除了亲情和爱情，又有什么比友谊更显得重要呢?!

蜡　梅

　　我家住在桂西北边上，村里有条铺着鹅卵石的老街，从东往西走，街尽头吴家住着一位十分漂亮的寡妇，叫蜡梅。蜡梅是寒冬季节梅花正开的日子嫁到吴家来的。听大人说，她刚嫁到吴家的当天夜里，她丈夫福水便魂飞魄散一命归西了。

　　那时村里人迷信，说蜡梅命里克夫，认为福水升级当丈夫后，与蜡梅行了房事才被蜡梅克死的。

　　我八岁时，守寡多年的蜡梅年近三十。年近三十的蜡梅依然长得白白净净，光彩照人。尽管如此，村里对她想入非非的大老爷们儿，却不敢过分地亲近她，生怕一亲近她，会情不自禁做出那种床第之事，被她把命克去。

　　就在那年夏天，发生了一件令人意想不到的事。

　　那天我放学回家，在路上遇到了蜡梅。她用火辣辣的目光看着我。

　　蜡梅问："让我抱抱你，好吗?"

　　想到大人们说她是害人精，于是我惶恐地挣脱开她，逃走了。

　　那件事发生后，我不敢告诉别人，我知道一传出去蜡梅就惨了。像这种大人"欺负"小孩的事，是要遭村人惩罚的，轻则一顿臭骂，严重时棍棒齐下自然是免不了的。正因为我隐瞒了那事，蜡梅对我充满着无限感激。

每当我去上学，刚出村西口，蜡梅便追上来，把糖果饼干什么的硬往我的书包里塞。有时，她还把磨豆腐卖的钱分一些给我零用，并嘱咐我好好念书，将来做个有本事的人。

最难忘的，是蜡梅见我时投来的那慈祥的目光，装满着只有母亲才有的那种浓浓的爱意。我想不通，像蜡梅这么好的女人，怎么会说她是害人精呢？

寒假期间，我每天都去山坡上放牛。一天傍晚，我骑着牛优哉游哉地回家，正巧赶上背着一捆猪草在前面走着的蜡梅。她回头一瞧是我，便露出甜甜的笑容。我发觉她笑的时候特别好看，很像一朵在微微寒风中轻轻颤动的梅花。

她忍不住问我："我真的很想尝尝当妈的滋味儿，那次你不记恨我吧？"

我有些生气，但想到她平时总是无微不至地暗中关怀和照顾我，于是我说："我怎么会记恨你呢？"

蜡梅高兴得直抹眼泪："小童，你更懂事了，像个有文化的人了。"

我听了非常得意。

就在那个寒假，村里来了一个补锅匠，见蜡梅长得标致，便住进她家。

一天早晨，父亲支我去蜡梅家把补锅匠请来修补一口破铁锅。

父亲见补锅匠三十大几的男人，长得敦敦实实还很不错，便好心地提醒他："蜡梅是个克夫命呢，你住在她家，小心别让她把你吃了。"

补锅匠认认真真地修补着铁锅，一会儿嘿嘿地笑着不加掩饰地说："俺才不信那个邪哩，只要她愿意嫁给俺，俺保证疼她爱她一辈子哩。"

父亲摇摇头，觉得补锅匠不可思议。

当晚夜深人静的时候，我起床出门小解，发现蜡梅家的窗户远远透来淡淡的灯光。出于好奇，我轻手轻脚地朝她家走去。

来到蜡梅家窗外，我贴耳细听，就听到补锅匠惊讶地说："天啊，真不敢相信，你竟然还是处女之身！"

蜡梅叹了一声，说："实不相瞒，我嫁给死鬼男人的那晚，他喝酒醉了，根本就没碰我。他是喝多了酒醉死的，可人们硬说是我把他克死的，你说我冤不冤啊。"

那晚，我跑回家，直到次日中午，我才禁不住把偷听到补锅匠与蜡梅的对话讲给父母听了。父母都吃惊不小。

接下来的日子，蜡梅与补锅匠的桃色新闻在村里传得沸沸扬扬。有的女人开始骂蜡梅不守妇道，是耐不住寂寞的骚货、狐狸精。而那些对蜡梅想得直流口水却又不敢亲近她的大老爷们儿，更是后悔得一边跺脚一边摇头叹气，总认为是补锅匠抢了先机占了便宜。

后来，蜡梅跟着补锅匠走了。蜡梅走的时候，小疙瘩村的人又有些惋惜的样子，总觉得心里空荡荡的少了什么东西。

秋天不回来

　　天刚蒙蒙亮，躺在大山怀里的乐城早早就从梦呓中醒来。墙壁上的挂钟当当当当当地把陈橙敲醒。随着从窗口传进来的隐隐的喧嚣声，陈橙一边打着哈欠一边伸懒腰，扭头望着旁边宽大的空床发呆，仿佛他身边静静地躺着一个美丽的灵魂。

　　陈橙拨浪鼓一样猛地摇晃着脑袋，直到摇得他完全清醒，才急忙滑出棉被，一边下床穿衣，一边望着写字台上镜框里笑得很甜很美的少女说："若不是你说生命在于运动，我真舍不得这么早就起床。"

　　陈橙在洗漱间里洗漱时将水弄得哗哗响，一阵忙乱。乐乐摇着尾巴站在陈橙脚跟后，抬头娇柔地哼了两声，然后蹿到客厅，趴在地上兴奋地打滚，等陈橙从洗漱间出来，它才跃向陈橙事先放在电视柜上的黑色女士坤包，叼着它屁颠屁颠地走到陈橙面前。

　　陈橙蹲下身拿坤包时，不忘在乐乐的后颈上轻轻地挠几下，对它表示感谢。乐乐是陈橙在双虹桥头捡回来的。那是初秋的一个傍晚，陈橙和妙芳从三十米大道散步回来，路过双虹桥时，凉亭附近有条小巧玲珑的流浪狗脏兮兮地蹲在栏杆底下。

　　见陈橙穿得不伦不类，乐乐昂起头来对陈橙不停地狂吼。陈橙和妙芳走过它身边时，它吼得更加厉害，甚至站起来欲追陈橙的样子。陈橙不睬它，它得寸进尺，汪汪汪地朝陈橙追上来。陈橙突然停下脚步，它也停下来。陈橙对它做了个怪脸，和妙芳朝前走了。

乐乐以为陈橙惧怕，大胆地猛扑过来，张大嘴巴准备撕咬陈橙的裤子，陈橙迅速转身，轻轻一脚将它踢翻在双虹桥上。它在桥上哼了几声，不叫了，眼睛望着陈橙，发现陈橙的目光如炬，只好怯怯地把头转向一边，再也不敢逼视陈橙。

陈橙忍不住对着乐乐吹了一声口哨，满意地追上妙芳，继续前行。未曾想，陈橙的这声口哨发挥了意想不到的效果，可能是乐乐的前主人常在它面前吹口哨的缘故，它竟然摇着尾巴不紧不慢地跟在陈橙和妙芳身后来到他家……

乐乐见陈橙对它百般疼爱，想趁势跳上陈橙的大腿，被陈橙推了下去，趴在地上干瞪着一双水汪汪的大眼。陈橙走出家门，还未等尾随其后的乐乐反应过来，已迅速把大门关上，噼噼啪啪地跑向大街。

转过半条街道，来到河滨路时，陈橙抬腕望了一眼手表，刚好凌晨五点半，陈橙的嘴角往上一弯，露出了甜蜜的笑容，像扯细的糖丝，朝着两边脸腮荡去。

尽管乐城的冬季经常有雾有风又有雨，但陈橙仍然一如既往地准时在凌晨五点半来到河滨路晨跑。陈橙的晨跑非常有规律，五点半进入河滨路，六点整就跑到双虹桥头，用半个小时通过双虹桥跑过铁路桥下面的隧道，来到圆梦山脚下。

若换别人，这段路程就算是小跑也用不到陈橙的一半时间。最艰难的，是陈橙进行圆梦山的登山运动，别人沿着台阶不停地往上跑，陈橙却呼哧呼哧地一步一步往上走，直到天空鱼肚般白，淡青色的空气在陈橙周围流动，他仍然没有走到半山腰处。

这天清晨和以往一样，陈橙走到第一百零二十二级台阶，就不想继续前进了，他一屁股坐在台阶上，坐在每次坐的那个地方，低头望着屁股旁边台阶上的几点暗红，深思。它们在陈橙眼里，无疑是一朵微风中盛开的玫瑰。

那几点暗红是陈橙后来趁人不注意时偷偷用红油漆滴上去的。陈橙望着望着，忍不住就伸出一只有力的大手在上面轻轻抚摸，青得发硬的下巴抵在膝盖上，刷子样的胡子穿过裤筒扎着毛孔，竟然没有一丝感觉。陈橙头一天把胡子剃得光溜溜的，可一夜之间，他的下巴又变得像一片还未开垦的麦田。

很多晨跑的人都跑到了顶点，然后三三两两有说有笑的从圆梦山上下来，路过陈橙身边时，有人说陈橙神经不正常，跑步还提着一只漂亮的女士坤包；有人说陈橙太有才了，每天清晨都准时来到圆梦山脚下，看着别人健步如飞的直往上蹿，他也想飞起来，可惜他四肢发达头脑简单，没有理想的翅膀，只能做个蜗牛。只有认识陈橙的人，才会为陈橙叹惋，陪陈橙流泪，感动着他的感动，快乐着他的快乐。

乐城尽管不大，改革开放后纳入了一些沿海地区的文化，白天车水马龙，夜晚歌舞升平，麻雀虽小五脏俱全，有点小香港的味道。文化界很多人都认识陈橙，可他们很少有人来圆梦山晨跑，他们除了在诸家报刊上偶尔嗅到陈橙的墨香之外，并不知道陈橙这个冬季生活上的变化。知道陈橙失魂落魄的，除了芬姐按摩院的老板娘芬姐，还有一个长得极美的女孩。这女孩是坐台小姐，叫妙龄。

妙龄是陈橙无意中在芬姐按摩院认识的，那晚陈橙去酒吧喝酒，回来时有风有雨，陈橙醉得像只龙虾在大街上乱跳，结果跳来跳去就跳进了芬姐按摩院。当时，妙龄刚好在芬姐按摩院，当她从芬姐嘴里得知陈橙的名字时，圆圆的苹果脸上现出无比的惊喜，直让陈橙望得痴呆了去，幻觉中还以为她是妙芳。陈橙歪走两步，伸出手来紧紧抱住妙龄，欣喜地吐着满嘴的烧酒味说："妙芳，原来你在这儿，我们回家吧。"

妙龄读过陈橙的小说，陈橙的小说有好多是写坐台小姐的不幸遭遇的，陈橙为她们鸣不平，而且意境很美，使她感觉自己像升在城市上空噼里啪啦的烟花。陈橙写的那些故事几乎成了妙龄的一种生活理想，一种值得活下去的理由。

妙龄从她姐姐嘴里听说过陈橙好多很浪漫的事，对陈橙很崇拜，早就想认识了。自从成了酒家歌厅的坐台小姐后，妙龄只陪客人喝酒唱歌，从不陪客人上床，就算给再多的钱她也不愿意。可那天晚上，陈橙紧紧抱着她，她明知道陈橙在酒醉中认错了人，仍然没有拒绝，而且还很乐意地扶陈橙上楼回家。

那晚，妙龄使出吃奶的力气把陈橙弄上床时，陈橙把她当作了女友妙芳，抱着她吻起来。

半夜，酒精挥发后的陈橙清醒过来，发现妙龄赤裸裸的像小绵羊一样温驯地躺在身边，他惊吓出一身冷汗！急忙把妙龄从美梦中摇醒，脸红心跳地问她怎么回事。妙龄将实情说出，陈橙立即惶恐地瞪大眼睛，连说几声"对不起"，善意地找着种种借口叫她穿衣走人。

半夜被人赶出来的滋味本来不好受，但妙龄没有埋怨陈橙，反而为陈橙这样的男人深深感动！她一直认为，有些文人为了体验生活，一见美女就想入非非。妙龄就遇到过这样的经历，上大一时，她写了一篇散文和一篇小说寄给一位作家。作家看了，到学校来找她。

作家发现妙龄长得眉清目秀，娇艳可人，盯着她丰满的胸脯说："你的那两篇文章我都认真拜读过了。说真的，你不仅长得美丽动人，而且散文也写得好，譬如你那篇《大山深处》，写得让人浮想联翩。如果你再稍稍润色一下，把大山里那些村民的灵魂剥光展现在读者面前，文字便会跳跃起来。还有你的那个短篇小说也写得十分精彩，文字细腻感人，构思新颖独特，读起来耐人寻味。当然，也有不足之处，因为短篇小说不同于中篇和长篇，中篇写的是故事，长篇写的是内容，而短篇讲究的是感觉。好的短篇小说不是写出来的，而是等出来的。如果你想成为作家，晚上你去我住的宾馆，我教你如何才能找到写好短篇小说的感觉。"

作家给了妙龄一张字条，一遍又一遍地叮嘱她晚上按照字条上的地址去找他。当天晚上，妙龄终于控制不住自己，就去找那位作家。

那位作家很想花言巧语把妙龄骗上床。妙龄发觉不对劲，还未等作家说完转身就走。再后来，妙龄的家里一贫如洗，已经没有钱供她和姐姐继续在大学念书。无奈之下，她只好和姐姐含泪离开学校，也不回家，而是来到乐城淘金，成了高级娱乐场所的陪酒女郎。

妙龄喜欢陈橙，是因为陈橙也是写小说的，可陈橙竟然还能对爱情这么专一。与此同时，妙龄有点嫉妒妙芳，陈橙连梦呓中都轻喊着妙芳的名字，她觉得妙芳有着这么一位男人爱着，死也值得了。

临走时，妙龄转回头望了一眼写字台上镜框里那张笑容甜美的五寸相片，相片里的女孩长得和妙龄一模一样。妙龄的眼眶顿时变得湿润，她强忍着不让泪水流出来，只是长长地叹了一口气。

后来，妙龄经常到陈橙家的楼下徘徊。有一次，她在芬姐按摩院和芬姐玩到半夜，懒得回租房，于是和芬姐一起住。天蒙蒙亮时，她起床出门小解，发现陈橙提着一只漂亮的女士坤包跑下楼来，经过美容院门口哒哒哒地往街上跑去。由于好奇，妙龄接下来每天晚上都来和芬姐一起住。

这天早上，天蒙蒙亮，她提前起床，等到陈橙跑步下楼，目不斜视地从她身边快速跑过，她才在陈橙后面保持一定距离跟踪。跑着跑着，妙龄发现陈橙跑得越来越慢，越来越慢，根本不像是一个高大威武的男人在跑步，倒觉得陈橙像一个病歪歪的女孩在吃力地扭猫步。妙龄要么原地踏步，要么等陈橙的背影稍远后才小跑一阵。来到双虹桥上，陈橙竟像一个病得不轻的女孩，蹲下来喘了几口气，接着摇摇晃晃地站起来，继续往圆梦山方向沉重地拖着身子一步一步地走去。

妙龄百思不得其解，体格强壮的陈橙为什么在晨跑中却像一只奄奄待毙的病牛？尤其是陈橙沿着台阶走向圆梦山时，特像一头鞠躬尽瘁的老黄牛，仿佛身后拖着一辆沉重的破车，吃力中呼哧呼哧地拼着命往上迈步，到达第一百零二十二级台阶后，终于摇晃几下，一屁股坐在台阶上。陈橙将下巴埋在膝盖中间，伸出一只手来，在屁股旁边的台阶上轻轻抚摸。

妙龄沿着台阶走到陈橙面前时，有位三十出头的中年男人从圆梦山上一路小跑下来，到陈橙的斜后面突然刹住脚步，一双色迷迷的眼睛探照灯一样在妙龄身上扫来扫去，一边扫描，一边情不自禁地一脚踏下来，刚好踏在陈橙抚摸台阶的手背上。

陈橙本能地抬起头来瞪了中年男人一眼。中年男人这才发觉踩在了陈橙的手背上，急忙把脚移开，嘿嘿地坏笑着说："朋友，台阶上不就是有几滴红油漆嘛，我真想不通，为什么你每天的这个时候都来对它抚摸几遍？"

陈橙突然笑了，笑声有种不可想象的震撼力，飘出好远好远，吓得台阶两旁风景树上晨歌的鸟儿扑着翅膀四处乱飞。陈橙突然站起来，目光咄咄逼人地盯着中年男人说："几滴红油漆？它们是有生命的，你能从中诠释生命的意义是什么吗？"

中年男人想不到陈橙出口不凡，加上身材曼妙凹凸有致充满诱惑的妙龄站在陈橙面前，他的脏话刚滚到嘴边，又活生生地咽了回去，改口说："得得，你有才！"说完，他贪婪地瞟了妙龄一眼，沿着台阶往下走了几步，又转回头来瞪着妙龄苗条丰满的窈窕背影，喉舌上下滚了滚，叹一声，终于头也不回地往下走去。

陈橙重新像一座山似地沉在台阶上，低头望着那几点暗红，伸出手去慢慢地将它擦亮，自言自语地说："时间到了，我明天早上再来看你。"

见此情景，妙龄的心底突然温柔地一软，美丽的大眼睛冒出几滴晶莹的泪珠。陈橙抬头，刚发现妙龄似的。他站起来，掏出纸巾递给妙龄时惊得目瞪口呆！原来，那晚陈橙除了醉眼蒙眬中在芬姐按摩院以为妙龄是妙芳外，半夜醒来对妙龄视而不见。这时仔细一看，才发觉她长得和妙芳竟然特别相像，仿佛是上帝将她们从一个模型里造出来的。

陈橙暗中嘘唏不已。冷风吹来，虽然是绿暗红残的季节，陈橙却嗅到一股从妙龄身上传来的玉兰花般的清香，这种久违的香气令陈橙陶醉。

妙龄微笑，望着陈橙微微摇摆着身子，陈橙以为她支撑不住，急忙伸出手来搂着她的纤纤细腰，疼爱而温柔地说："妙芳，你真坚强！秋天的那个早上你比任何一天都坚强！竟然多跑了二十二级台阶。我们下山重复每天必做的事吧，晨跑，买菜，然后回家，你陪在我身边静静地看书，我陪在你身边兴奋地写作。"

听了陈橙的话，妙龄似乎明白了什么，似乎什么也不明白。尽管如此，嗅着搂着她的陈橙的成熟男人的特殊气息，妙龄还是愿意自己就是妙芳。她对陈橙泪流满面地说："陈橙，别傻了，妙芳根本就没有死！"

陈橙点点头说："妙芳当然没有死，她一直活在我心中。"

接着，陈橙又自言自语："妙芳，你真细心，每天都把买菜的钱准备好，如果我猜得不错，今天你的坤包里又放有四十五块钱；其中有四张十元票面的，还有五张一元票面的。"

妙龄感动得嘤嘤而泣，心里有一股暖流翻滚。当时，台阶两旁的风景树上有淡紫色的花儿在无声地坠落，一朵，一朵，又一朵。在他们脚下不远处的铁路上，一辆载客的火车拖着长长的笛鸣轰隆轰隆地把人们的希望带向远方。

陈橙正想搂着妙龄的细腰往下走，妙龄实在控制不住自己的情绪，从陈橙的怀里挣脱出来，伸出雪白的嫩手狠狠打了陈橙一记耳光："陈橙，你该醒了！实话告诉你，妙芳和我是双胞胎，她是姐姐，我是妹妹。妙芳没有死，那次你去省城开笔会，她丢下你悄悄跟一个外来乐城做生意的大老板跑了。再说，那天下午，被河水冲走的人虽然也叫妙芳，也是陪客人喝酒唱歌的坐台小姐，但她不是我姐，你知道吗？"

妙龄的话仿佛晴天霹雳，击得陈橙愣立当场。突然，一道闪电将陈橙的心撕裂成两瓣，他听到了树干从树身上分裂倒下时"嘭"的沉重声，扬起满天的尘使他蒙得找不着北。

陈橙半天才回过神来，颤抖着声音问："你说的是真的？妙芳没有死？"

妙龄轻轻地叹，轻轻地说："她不但没有死，而且还活得好好的。实话告诉你，她知道你身上的钱所剩无几，为了不想让你为她增加负担，为了找理由离开你，她在你面前装病，每次和你晨跑又装得在病中很坚强的样子。就在你去省城开笔会的那天早上，她还咬破舌头在这第一百零二十二级台阶上吐了几滴血。她知道你是文人，应该懂得一百就是一个'拜'的意思，而二十二级台阶却表示她今年刚好二十二岁。赶巧的是，那天你刚离开乐城，就有一位和妙芳同名的女孩不小心落进水里，被翻翻滚滚的河水冲走了。妙芳知道你有时候写作疲劳时会到楼下她朋友芬姐的美容院去按摩，于是趁那位妙芳被水冲走的机会，叫芬姐骗你说是她落水，好让你对她死心。"

陈橙吓傻了！他想不到事情会是这样，事情会变成这样。

然而，谁会想到，曾经作为一个坐台小姐的妙芳，竟然如此善变，抽身就走呢？就算要走，可以好合好散，也用不着费这么大的心机啊！陈橙这时才明白，在人生的大舞台上，妙芳简直是个出色的演员，而他却自作多情地陷入到角色中去成了她甜蜜的俘虏。

陈橙想起刚过去的秋天那个下午，明晃晃的太阳吊在空中，像一只睁得大而圆的毒眼。尽管已是秋季，但乐城的天气仍然像锅里沸腾的水一样嘟噜嘟噜的冒着热气，而乐城这台庞大的机器却一刻也没有停留，照常随着时钟的滴答声运转。当时，妙芳送他来到车站，见车站里像一口大大的热锅，锅里游动着密密麻麻如蚁群般的人头，他懒得进站买票，宁愿在车站门口等普通班车。

不一会儿，一辆开往省城的班车从出站口驶出来，见了他，司机踩了一脚急刹，车子向前驶有一米左右，朝着闷热的空气撞了一下，"吱"的一声停住不动了。紧接着，车门"哐当"一响，一位丰胸肥臀的中年妇女走下车来，一边向他招手一边撩起嗓子喊："省城，省城，老板，去不去？"他点点头，但没有马上上车，因为他知道这些普通班车为了揽客，都要在车站门口的马路边停留十来分钟，直到站内工作人员发现出来催促时，司机才紧赶慢赶地启动车子，朝车窗外吐一口唾沫，敢怒不敢言地将车子开得像拖拉机一样拖拉拖拉的一边揽客一边行驶。

　　司机见他没有上车，于是采用另一种吸引顾客的方法，转间之间，车里飘来一股刺激人心的音乐，诱惑着他一步一步地朝车门走去。他依依不舍地和妙芳道别。即将上车时，有人推着一辆卖雪梨的手推车走到他旁边，车上的蓄电池喇叭发出清脆的声音："卖梨，正宗的乐城雪梨，两块五一斤，甜得爽口的雪梨咧——"

　　妙芳叫他等一等，急忙掏出钱来买了两斤雪梨，自己留下一个，其他的全部拿给他，叮咛他在车上把它们全部消灭掉。当时，他感动得什么似的。直到那位中年妇女一边把他推上车，一边说："站内有个戴着大盖帽的出来了，走了走了。瞧你们这小样，又不是生离死别。"

　　他刚上车，车子立即缓缓的向前方移动。司机换了一盒录音带，歌声突然由狂热的舞曲变得舒缓而伤感。由于车上加他一起才只有五六个乘客，司机和卖票的中年妇女都黑着一张脸，空气沉闷得像要将人撞伤一样。他从车窗里伸出头来向妙芳招了招手，谁知妙芳把脸转过一边，故意不看他。

　　他本来想告诉妙芳，叫她身体不好别在太阳下暴晒，见车子将她的身影拉得越来越小，越来越模糊，他只好叹息着把头缩回车里。望着薄膜袋里妙芳给自己买的梨，他内心砰砰狂跳的同时，眼皮也跟着莫名其妙地跳起来，心里变得有种隐隐的不安……

现在回想起来，陈橙才明白妙芳当时买梨的用意。

他站在阶梯上，浑身禁不住打了一个冷战！望着妙龄，他摇头苦笑，想了想说："难道，这就是一个痴情男人换来的结果？这就是一个穷文人的悲哀？"

泪珠仍在妙龄的眼眶里打转，她大胆地说："陈橙，请你放心，我和我姐不一样。你是我一直暗恋的那个人，虽然你在物质上很穷，但你的精神食粮却很丰富。我此时就站在你面前，等着你忘记那个烙在你心里的名字，然后牵着我的手回家，好吗？"

陈橙不回答，痛苦地把一只手拍在头上，仿佛他脖子上的脑袋是个大西瓜，里面的瓜瓢熟透得有种腐烂的味道。这时，陈橙才记起毕淑敏讲过的那句话：婚姻如鞋；三寸金莲与高跟尖头只是男人对女人的审美要求，而舒服的平底鞋和一盆热热的洗脚水，才是属于婚姻的爱情……

妙龄抹去眼眶的泪水，别过脸来凝视着陈橙痛苦的脸说："陈橙，虽然你拥有整个美丽的秋天不再回来，但是我来了。有句话叫作不进则退，你是文人，相信你比我更懂得这个道理。你想勇往直前，还是停留不前，自己看着办吧。如果你选择前者，说不定会给你带来一片意想不到的艳阳天。"

陈橙惊讶地审视着妙龄，她脸上正露出两个迷人的小酒窝，一跳一跳的煞是好看。随着内心的震动，陈橙顿然觉得上帝太会开玩笑了——本来，他从芬姐嘴里得知妙芳惨遭不幸后，一直后悔和埋怨自己那天为了去省城参加笔会，没有陪伴在妙芳身边，也因此痛苦不堪，一直沉浸在他与妙芳曾经有如潮露的爱情里。

然而谁会想到，这一切原来都是假象，是一个女孩采取令人费解的手段将一位文人对她的爱情毁灭在收获的季节。更为滑稽的是，曾经在他怀里燃烧过爱情的妙芳悄然离开不久，她的双胞胎妹妹妙龄就出现在他面前，请求他带她回家，共同营造一个充满真爱的乐园。

这突然而来的变数，让毫无防备的陈橙吃惊，心里有种说不出的滋味。对望着妙龄投过来的那火辣辣的目光，陈橙内心十分矛盾。

缓缓转过身去，陈橙抬头望着圆梦山上空刚从云兜兜里跳出来笑成胖子的太阳，再望着他认识妙芳后一直没有跑完的台阶，他不知怎么办，顿时感到提着妙芳常用的漂亮坤包那只手越来越沉。他不知该不该把它交给妙龄，不知该不该叫妙龄和他一起去菜市场买菜，不知该不该和妙龄一起健步如飞地继续往圆梦山上跑去。

他突然觉得，不爱是一种伤害，爱得太深也是一种伤害。这是人生的一道坎，也是爱情的一道坎，是跨过去，还是绕道而行？

陈橙陷入了艰难的选择。

与此同时，妙龄也感到十分难过，她在心里一遍遍地对惨遭不幸的妙芳说："姐姐，对不起！我也爱陈橙，只因他对你过于痴情。为了让他从失去你的痛苦中解脱出来，我只能走这一步棋。姐姐，相信你在九泉之下，会明白我的良苦用心。"

字　条

县教育局的陈局长即将升任副县长，教育局上下不少人争着请他喝酒吃饭。

一天，陈局长在他办公室用一张空白名片写了一句话，叫秘书小刘拿去复印了几十张。陈局长分别把这些名片大小的字条装进信封里封好。刚做完这一切，办公桌上的电话就"丁零零"响了。是吴校长打来的，约陈局长晚上去饭店喝酒。

陈局长心知肚明，下属请酒无非是拉关系套近乎，反正他有的是绝招，不给自己亨通的官运留下后遗症。

当晚，陈局长去了饭店。喝到面红耳热，吴校长大着胆子请求陈局长提前关照关照，最好是弄个教育局副局长当当。陈局长很干脆，立马说："这事好办，你等着吧。"就这句话，把吴校长美得要死。未想酒足饭饱后，陈局长醉醺醺地从衣兜里掏出一个信封，恭恭敬敬地递给吴校长，让吴校长受宠若惊，以为陈局长早有重用他的意思。回到家里，心跳加速的吴校长急不可待地撕开信封，殊不知却抽出一张名片大小的字条，只见上面写着：酒后胡言，请勿当真。

吴校长摇头苦笑，觉得陈局长这招真高。不仅是他，教育界好多请陈局长吃饭的人，酒后都得到了同样的信封，他们都领教了陈局长的厉害。

后来，陈局长果然升任了副县长。

自从当上常务副县长后，陈局长有了许多变化，唯一不变的，是他那张名片大小的字条，众所周知，那字条是陈副县长做官的原则。

也有人不信，说陈副县长并非好官，他也会暗中提拔一些庸人。这话被一些不怀好意的人听了，就天天想着法子请陈副县长吃饭，目的只有一个，就是想从他那儿得到提拔，捞个一官半职。然而，精明过人的陈副县长酒足饭饱后照例给他们一个装着字条的信封，使他们哭笑不得。

尽管如此，请陈副县长喝酒办事的人还是很多。有一次，教育局张副局长请陈副县长去"又一村"吃饭。陈副县长刚从酒家喝出来，本想拒绝张副局长，可考虑到张副局长曾是自己老部下，于是乘着酒性高高兴兴地去了。

两人一照面，张副局长就开门见山地说："求你件事，我老婆所在的厂不景气，下岗了，听说环保局缺人，你能不能抬抬手把她弄进去。"

陈副县长一听，还是那句话："这事好办，你等着吧。"

喝罢酒出来，陈副县长醉醺醺地从大衣兜里掏出一个信封，恭恭敬敬地递给张副局长。张副局长心想这下完了，陈副县长给他信封，说明没戏，这回不光在领导面前丢人现眼，没准回到家还遭妻子数落。

手里拿着陈副县长给的信封，张副局长感觉很沉，心也跟着沉重起来。回到家后，张副局长原打算把信封丢进垃圾桶里，可想想不对，他又急忙揭开信封口子，一看，吓了一大跳：信封里装着一张现金支票。张副局长仔细一看，支票的数目是五万元！

23

　　张副局长断定陈副县长给错信封了，马上给陈副县长打电话。

　　陈副县长回到家后接到张副局长的电话，立即清醒过来，且惊出一身冷汗。他忙不迭地解释说："钱是一位亲戚托我帮他买东西的。"

　　张副局长一听，连夜风风火火把支票给陈副县长送过去了。临走时，陈副县长意味深长地拍着张副局长的肩膀说："小张啊，你前途无量，放心吧，你老婆的事包在找身上。"

父　亲

父亲一路风尘地到城里来看大丫。

刚来时，瞅着城市的美丽，父亲的心情也跟着美丽了不少，城市毕竟繁华，车水马龙，人来人往。不像农村那山旮旯，虽然山清水秀，但来来往往就那么几张熟悉的面孔，几间火柴盒似的房屋，简单得不能再简单了。

可不久，父亲就一片茫然，心里像灌满了铅。

一天，大丫去公司上班，父亲在家闲着无事，想去找邻居聊聊。刚敲开门，父亲还未开口，邻居便一脸疑惑地问：有事吗？父亲一脸灿烂地说：没啥事，闲闷得慌，想找你聊聊。邻居说了句：神经病！接着重重地把门关了。父亲愣立当场。

在农村，父亲随便走进哪家，主人都很欢迎，甚至端上好酒好菜，把他当作贵宾招待，不是亲人，胜似亲人。父亲上街，仍像在农村时一样，与人照面就打招呼。父亲以为对方也会有说有笑，彬彬有礼。未曾想到，人家对他爱理不理。

一日，天高云淡，烈日炎炎，父亲摇着一把纸扇，去公园的林荫小道散步。忽然，前面不远处，一对青年男女不知何事争吵起来。父亲过去劝架，结果，那对男女骂父亲狗拿耗子——多管闲事！目睹着那对青年男女搂肩搭背悻悻而去，父亲不解地摇摇头。

又一日，父亲在车站见一位双膝跪地不起的年轻女子，衣着破旧，面前地上一张写着"家中失火，父母双亡，中途退学"云云的红纸，父亲认真读罢，心灵受到极大震颤！父亲当即掏出身上仅有的几百元钱，给了那位父亲觉得十分可怜的女子。然而，令父亲做梦也想不到的是，当晚，父亲上街看夜景时恰巧发现，白天得到他帮助的那位女子换了一身华丽衣裙，正迈着轻盈步子，朝着一家豪华气派的歌厅大门走去。父亲看傻了眼，直到那女子的身影在歌厅门口消失，父亲才如梦初醒，跺脚大呼上当。

父亲常去公园。在公园里，父亲认识了一位长得貌似张飞的老者。老者健谈，父亲与他交往觉得非常开心。

有一个星期，大丫出差，临出门时，大丫给了父亲一万元，要父亲不必辛苦做饭，饿了去酒家吃现成的。父亲当时不说，心却想：饭还得自己煮，这钱能省则省，多留点儿，以后回村里，好分给那几户家境比较困难的娃娃，让他们安心上学。

父亲想归想，但他的计划还是落空了大半。大丫走后，父亲邀请老者来家里下棋。当老者发觉大丫留给父亲一笔钱后，立即苦着一张星棋密布的麻子老脸，唉声叹气地说：我儿住院，需交6000元押金，我已身无分文，真不知如何是好。

父亲一听，觉得救人要紧，不经思考就拿出6000元钱借给老者。直到后来，父亲通过了解，才发现老者的儿子根本没病，老者借父亲的钱，全拿去赌六合彩了，而且输得一塌糊涂。

父亲气得吹鼻子瞪眼，他觉得赌博的人不值得同情，更何况老者欺骗了他！那天早上，父亲在公园见着老者时，拦住老者并要老者还钱。老者索性耍起无赖，不认识父亲似的，还理直气壮地说：你要我还钱，请问你有何凭据？再不走开，小心我打电话报警，告你敲诈勒索！

　　父亲一听，气得当场就晕了过去。待父亲醒来时，老者早已跑得无影无踪。这件事情发生之后，父亲就有了一块心病。每当夜深人静，父亲总是吸着香烟，望着窗外这座高楼林立的城市不停地说：为什么啊，这究竟是为什么啊。

　　大丫出差回来，父亲把受骗上当的事全向大丫说了。大丫望着突然多了好多白发的父亲，忍不住安慰：算了，失财免灾，以后多防着点就是了。

　　父亲叹了一口气，说：我想不通，如今人们的生活水平提高了，为何素质却低下了？

　　大丫埋怨父亲：想那么多干吗，等你的病休报告批下来，你老只管待在我这里，两袖清风，坐享清福岂不更好。

　　父亲想了半天，突然说道：不行，病休报告我不能往上送了。要开学了，明天我就回乡下，重新拿起教鞭，教娃娃们如何学会做人。

　　原来，父亲是乡村教师，近年来身体一直有病，正打报告向上级申请病退呢。

猎鹰行动

代号猎鹰是上级派到某市协助缉毒侦察的卧底特警。只有市公安局的郑局长知道他的真实身份。训练有素的他行动诡秘隐蔽，机警干练，经历过很多次独闯龙潭虎穴，与贩毒集团巧妙周旋的心惊胆战场面。作为警方的一线卧底，他劳苦功高，尽显英雄本色，不断给警方带来最可靠的线索，将一个又一个的贩毒集团予以痛击，并彻底粉碎！这里讲述的是他结束卧底生涯前的最后一次卧底的精彩故事——

一

这天，郑局长在局里召开局领导会议。突然，腰间的手机传来短信息的提示声。郑局长不用猜就知道，这是猎鹰发来的，因为这台手机是他与猎鹰联系的专用手机。郑局长急忙起身走出会议厅，打开手机一看，只见上面写着："110—0.98"。郑局长心领神会，明白"110"就是马上出警的意思，而"0.98"无疑是本市独一无二的0点酒吧。于是，郑局长立即返回会议厅，在主管缉毒方面的陆副局长耳边私语一会儿，陆副局长突然喜出望外，立即给缉毒队队长肖龙打电话，命令他马上召集队里的所有干警，5分钟内全体到位，进入一级待命状态！

缉毒大队全体干警接到通知后，不到3分钟就全副武装，集合完毕。陆副局长严肃地扫了众人一眼，简单交代完任务，紧接着一马当先，率领缉毒干警飞车前往0点酒吧，将还未开张营业的0点酒吧围得水泄不通。与此同时，肖龙队长率人破门而入，还未等两名毒贩反应过来，便迅速将其团团围住，紧接着传来肖龙队长制服贩毒分子时斗智斗勇的声音：知道我们吗？蹲下！把手举起来！有刀想反抗？先拷住他！反抗只有死路一条！把桌上的东西包起来！好了，1号和2号搜他们身上（两名干警从毒贩身上搜出一把自制手枪，好险！）。还有吗？有多少毒品？快说！200克。是200克吗？你们搜查完没有？好，把他们带走！

民警们将两名贩毒分子带回市公安局后，马上进行审讯。经审讯，两名犯罪嫌疑人一致交代，毒品是刚从江城购买来的，正打算转手，没想到被逮住了。当警方追问具体跟谁交易时，分开审讯的两名毒贩都说是跟一个外号叫鸡眼的毒贩子购买的，具体鸡眼是哪里人住哪里就不知道了，只记得当时的交易地点是在江城的凤凰酒家904号客房。肖龙获知这一信息，不敢怠慢，马上将这一重要情况汇报给陆副局长和郑局长。

郑局长和陆副局长刚开完会，顾不上吃饭，就风风火火赶到缉毒大队审讯室，与肖龙等人一起对两名犯罪嫌疑人加大了审讯力度。当晚，经郑局长和几位局领导对此案的分析，最后决定以此案为突破口，想方设法将其上线挖出来。于是，郑局长暗中委派猎鹰到江城去顺藤摸瓜，进一步掌握贩毒集团的犯罪线索。凌晨时分，郑局长给猎鹰发了一条短信："74—2.810"。

猎鹰收到短信，一腔火热的使命感，一种冒险的精神使他兴奋不已！他知道有急事就意味着又有新任务了。于是，凌晨2

点，猎鹰准时赶到他与郑局长单独约会的地方——八腰岭。

当猎鹰的车开上八腰岭坡顶一处较宽的路边停下时，郑局长的车从另一方向缓缓而来，紧挨着他的车子停下。猎鹰和郑局长都没有下车，只是在各自的车上悄悄说了一会儿话。最后郑局长伸出手来，递给猎鹰一个厚厚的信封说："资料都在里面，你明天出发。这次又得辛苦你了！"

猎鹰说："这是光荣任务。再说，只要党和人民需要，就是上刀山下火海，我也在所不辞！"

郑局长感动得几乎流泪。他突然说："兄弟，这是你的最后一次卧底，可得打好这一仗啊！完成这次任务之后，你就等着高升吧。"

猎鹰感慨地说："我不想当什么官，毕竟与毒枭打交道惯了，还真有点舍不得他们。"

郑局长呵呵一笑，说："这话幽默！不过，你是上面派来的，这是上面的意思，其实我也舍不得你呀。"

猎鹰想了想说："算了，到时再说吧。这次任务，请你放心，与毒枭打交道，我自有一套接近他们的办法！"

郑局长风趣地说："兄弟，我就知道你能行，要不然怎么叫你猎鹰呢？"

猎鹰耸耸肩，笑着说："多谢夸奖！好了，总之，这次钓不到大鱼我主动辞职。"说完，发动引擎，轿车顿时消失在茫茫夜色之中……

二

先来说说江城的一位特殊人物张小丽。这个被江城人称为冷艳玫瑰的神奇女子，不知怎么搞的，这几年突然走了红运，暴发起来了，真可谓花样年华，志得意满，富甲一方。短短几年时间，张小丽就在江城开了几家颇为气派的酒楼。

这天傍晚，张小丽打算去自己开的凤凰酒家，刚走出家门，就被两个手持匕首的蒙面人威逼着进了她那辆宝马轿车。紧接着，宝马快速地向江城郊外驶去。

江城郊外东南方有一片方圆几千亩的原始森林，是国家自然保护区。大约一小时，宝马驶入了这片林区。不一会儿，张小丽被拖出宝马，在两双凶神恶煞的眼光紧逼下，她开始微微发抖。

但张小丽毕竟是见过世面的人，她故作谨慎地问："两位先生是不是缺钱花呀，都是道上人，有话好好说嘛。"

蒙面人中的矮个子高声大笑起来。笑声惊飞了旁边树枝上觅宿的小鸟，也惊动了此时正在森林里偷猎的一位长着满脸胡须的中年男子。这位中年男子想了一会儿，轻手轻脚地沿着发出声音的方向摸来。

矮个子停止笑声，突然凶相毕露地说："臭娘们，实话告诉你吧，咱哥俩听说你不仅有几分姿色，而且还是个有钱的主，因此慕名而来。"

另一位个子稍高的蒙面人迫不及待地催促道："大哥，别跟她废话，先找个地方把她藏起来，再联系她手下拿 50 万来赎人吧。"

矮个子有些上火，没好气地对高个子吼道："急什么急……"说完，他目露凶光，淫笑着一步一步向张小丽逼近。

不露声色的张小丽原以为蒙面人只是冲着她的钱来的，未想蒙面人除了钱外，竟连她的身子也不放过。望着矮个子手里那把寒光闪闪的匕首在眼前晃来晃去，而另一只手又像魔爪似地向自己抓来，张小丽慌得惊喊起来。

听到喊声，那位偷猎的中年男子从一株古树背后跃了出来，飞起一脚，踢向离他较近的高个子头部，高个子猝不提防，被中年男子的飞毛腿踢离原地几米之外，倒在了杂草丛里。紧接着，中年男子一个旋转360°的扫堂腿，踢向矮个子下三路。矮个子的小腿受到重重一击，身不由己跪在了张小丽面前。中年男子用猎枪指着矮个子蒙面人怒吼："光天化日之下想要强暴良家妇女，你们活得不耐烦了，找死吗？"

中年男子的怒吼，直把两个蒙面人吓得呆若木鸡！他们做梦也想不到，在他们即将得逞时，突然杀出了个打抱不平的英雄好汉。望着满脸胡须的中年男子手上那杆咄咄逼人的双管猎枪，两个蒙面人见势不妙，急忙连滚带爬往树林深处逃去。中年男子正欲去追，却被张小丽拦住了："算了，这些人都是亡命之徒，得罪不起。"

张小丽获救，对中年男子充满感激。她打开车门，从车上拿出一只十分漂亮的坤包，并从包里掏出一小捆人民币，递给中年男子："先生，谢谢你救我一命！不成敬意，这点钱请你收下吧。"

中年男子一边拒绝，一边不屑地说："小姐，你看错人了，我不是因为钱才救你的。"

张小丽是生意场上的老手，见多识广，与她打交道的人除了钱财交易之外，像中年男子这种不为金钱所动的人，她还是少见。她说："先生，你不要钱，要什么呢？总得给我一个报答的机会吧。"

中年男子沉默一阵后，微笑着说："真想报答的话，以后别把我在森林里偷猎的事告诉别人。"

这很简单啊！张小丽不解，想了想问："先生对打猎感兴趣？"

中年男子说："是的，我喜欢打猎，因为打猎能给我带来不少乐趣。"

张小丽莞尔一笑："猎到了没有？好像还是两手空空吗。"

中年男子也笑着说："猎物还未找着，但我却有幸目睹这么惊艳无比的小姐，也不枉此行呀。"

张小丽故意谦虚地说："先生过奖，刚才要不是你救我，还不知小女子此时是死是活呢。"

中年男子说："我只不过是刚好碰上罢了，换着别人也会这样做的，更何况你长得这么漂亮，谁都愿意英雄救美呀。"

张小丽媚笑着说："先生的嘴巴真甜，看来是个做大事的人。"

中年男子眼睛一亮："小姐怎么知道？真是好眼力！"

想到中年男子胆大包天，竟然冒着风险来国家自然保护区里偷猎，张小丽觉得身旁这位壮汉就是个谜。她不想与他过多废话。趁着森林里渐渐暗下来，张小丽抬腕看了看她那块价值不菲的钻石镶边金表，故作心急火燎状："先生，对不起，我还有个重要约会。"

中年男子说："你去吧。"

张小丽装着恋恋不舍："听先生的口音，好像外地人，不知先生住在哪里？要不，我先送先生回去？"

中年男子微笑着说："不用了，我自己开车来的。我的车子就在那边，你忙你先走。"

张小丽毕竟是江湖老手，没有勉强，她知道江湖上的规矩。打开车门时，她突然想起又问："请问先生尊姓大名？"

中年男子哈哈一笑，说："大名谈不上，我叫李兵，木子李的李，孙子兵法的兵。"

张小丽想不到中年男子还很幽默。她满脸喜悦地说："本人张小丽，日后先生有用得着的地方，尽管到江城找我好了。"张小丽上车后，又伸出头来补充一句："到江城提起我的名字，大部分人都知道的。"

中年男子说声"谢谢"后，望着张小丽的宝马转瞬间消失在茫茫的暮色中，他的嘴角露出一丝令人不易察觉的冷笑。

原来，这位中年男子不是别人，正是警方代号"猎鹰"的一线卧底！

三

通过几天时间的摸底和暗中观察，猎鹰最后以港商的名头正式住进了凤凰酒家。

当天晚上，凤凰酒家女老板张小丽在凤凰酒家 6 楼特大号包厢单独为猎鹰备了一桌丰盛的酒席。

席间，张小丽首先礼貌性地感谢猎鹰对她的救命之恩，接着试探地问："李先生这次来江城，有何打算？"

猎鹰一本正经地说："实不相瞒，我这次到江城来，目的是考察投资项目，因为我看中了江城这块风水宝地。江城的地理位置得天独厚，环境优雅，我想在这里把蛋糕做大。"

张小丽顿时来了兴趣："先生打算投资什么项目？"

猎鹰避而不答，反问道："依张小姐之见，你看我投资什么项目较好？说真的，我这人只要能赚到钱，什么生意都敢做。"

张小丽摇摇头："我不明白先生的意思。"

猎鹰单刀直入地说："张小姐是个聪明人，怎么会不明白？"

张小丽想了想，也单刀直入地问："那先生的意思指的是哪方面？"

猎鹰耸耸肩，笑说道："张小姐又何必细问，都是道上的人，大家心知肚明不是更好吗？"

张小丽也开怀而笑，微微点头："先生讲的也是。其实，有些事情，只可意会，不可言传。"

猎鹰用咄咄逼人的目光直视着张小丽，举起了酒杯……

当晚，经过与张小丽数小时的交谈，猎鹰一无所获。但凭直觉，猎鹰清楚张小丽非一般生意场中的女子，她的背后肯定有着很多不可告人的秘密。

回到房间，猎鹰发觉不对劲，茶几上的烟灰缸似乎有人动过。他急忙关掉客厅的灯，闪进卫生间，故意将水龙头开得很响，装作洗澡的样子，然后幽灵一般躲进了客厅的窗帘背后。

刚做完这一切，便发现有一黑影从卧室轻轻蹿了出来，迅速走到门边，毫无声响地打开通往外面的房门，接着又将房门轻轻关上，就此消失。

猎鹰重新回到卫生间，关了水龙头，再出来，装着什么事也没发生似的，通过客厅走进卧室。借着卧室窗口透进来的微弱亮光，猎鹰在卧室摸索一阵，找到安装在电话下面的窃听器后，长长地舒了一口气。

接下来连续几日，青山围绕、绿水环抱的江城都笼罩在一片细雨霏霏之中。直到第 5 天，天由阴转晴，猎鹰下楼，吃完中午饭后，开着轿车向江城郊外东南方那片原始森林驶去……

当天下午 5 点，猎鹰重新回到凤凰酒家。刚进房间，便接到张小丽的电话，问他是否有兴趣一起共进晚餐。猎鹰习惯性地露出一丝冷笑，应承下来。接着，他刮掉满脸胡须，泡了个热水澡，一改以往的穿着样子，突然换上一身笔挺西服，打上领带，下楼与张小丽在老地方见面。

张小丽见到猎鹰，十分惊讶，仿佛不相信自己的眼睛，她忽然发现猎鹰原来是个魅力十足身材魁梧的中年成熟男人！张小丽不无惊叹地说："李先生真是士别三日，当刮目相看！"

猎鹰说："承蒙张小姐抬举，来，李某借花献佛，敬张小姐一杯！"

干完第一杯酒，张小丽毫不忌讳地问："先生似乎对那片原始森林很感兴趣？"

猎鹰说："实不相瞒，我确实喜欢那片一望无际的原始森林。"

张小丽不解："为什么，先生喜欢的不仅仅是偷猎吧？"

猎鹰说："张小姐真想知道？"

张小丽点点头。

猎鹰想了想说："算了，张小姐只是做娱乐方面生意的人，还是不知道的好。"

张小丽放声大笑，问："先生就这么肯定？"

猎鹰："难道不是吗？"

张小丽突然很认真地问："真人面前不说假话，先生究竟是做什么生意的？"

猎鹰沉默一会儿，响亮地回答："张小姐痛快！其实，李某做的也不是什么好的买卖，只是白手起家而已！"

张小丽两眼放光，转瞬又恢复原样。她知道这是江湖中的一句行话，意思是做白粉生意的。她假装糊涂："先生的话真令人费解。"

猎鹰进一步说："其实，李某只是个'白面'书生，靠的是不分'白'天'黑'夜地做点倒手买卖。"

张小丽暗中舒了一口气，缓缓地说："想不到先生是同道中人！不知先生做的是买家还是卖家？"

猎鹰暗中欣喜，表面却平静地说："先买后卖。怎么，张小姐原来也是……哎呀，真是有眼不识泰山！"

张小丽发觉自己漏了嘴，急忙解释："小女子只是偶尔跟别人买一些来尝尝鲜，要真做还没那个胆呢！"

猎鹰紧追不舍："看张小姐不仅貌美如花，而且一脸的贵人相，岂止是个小打小闹角色？"

张小丽避开话题："先生接下来有何打算？"

猎鹰答非所问："张小姐，你发现没有，自从那天我到那片原始森林里偷猎之后，总感觉那里面有着许多古怪，透着一股阴森森的杀气！"

张小丽大吃一惊："何以见得？"

猎鹰说："你不觉得绑架你的那两个人很可疑吗？如果他们真是为了你的钱财，那干吗不将你包里的钱抢走？"

张小丽吸了一口冷气："先生的意思是……"

猎鹰说："今天我去那片森林，发现一个很隐蔽的地方有个山洞，洞口有人去过的脚印痕迹。"

张小丽："这又能说明什么问题？"

猎鹰："我怀疑有人利用那山洞开辟地下通道。"

张小丽："你是指……"

猎鹰急忙打断张小丽的话："点到为止，小心隔墙有耳。"

张小丽会意，想了想说："那他们绑架我，目的又是什么？"

猎鹰正中下怀："可能是你有什么把柄落在了他们手上。"

张小丽回忆，前不久她确实抢了江城另一贩毒集团的"生意"，因此他们派人在凤凰酒家做毒品交易，说明他们想陷害并且排挤她。可能是后来见警方未对她进行处罚，于是策划了对她的绑架，以此来达到他们对她再次警告的目的。想到这里，张小丽脸上沁出点点细微的汗洙。她充满好感地对猎鹰说："先生，谢谢你提醒。以后就叫我丽丽吧，若有兴趣，我们可以合作干一番事业。"

猎鹰："张小姐，哦，丽丽，真高兴你能这样说，如果真能在江城搞到货，我会通知我的老板，并请求他同意，让我留在江城大干一番的。"

张小丽说："这样更好。只是近来风声很紧，若不嫌弃，你先留下来，帮我打理一家酒家，等风声一过，我们再讨论合作的事，你看怎样？"

猎鹰知道这是张小丽对他的考验，故作深思地说："让我先考虑考虑，然后再答复你好吗？"

张小丽点头。她暗中高兴，若是猎鹰立即应承下来，她会怀疑他的用心，但猎鹰没有这么做，说明他的的确确是个有来头的人。再说，猎鹰的"提醒"使她怀疑猎鹰背后有一股很强大的黑势力，说不定他与绑架的人是一伙的。想到这些，张小丽只能小心翼翼应付，接着又想：必要的时候，只能委曲求全，与他们合作。

凌晨时分，猎鹰回到住房，趁着洗澡时给市里的郑局长发了一个短信：鱼在徘徊，有何指示？

大约一刻钟左右，郑局长回了短信：多加钓饵，引鱼上钩！猎鹰看完，删除短信后，滑进浴缸里……

四

他十分明白，张小丽不可能轻易就犯，更不可能轻易让他打理她的一个酒店。她说让他帮助打理酒店，无非是对他作进一步试探，看他究竟是不是贩毒集团的人。为了取得张小丽对自己的信任，按照郑局长的指示，猎鹰决定多加诱饵。

张小丽有一个名叫月光大酒店的酒家，由于处在江城西部，离江城的黄金地段较远，光顾的客人不多，所以生意没有凤凰酒家红火。但奇怪的是，张小丽每次与黑道上的人商谈事情，都是在这里进行。

这天傍晚，张小丽在月光大酒店808包间接待一位重要人物，也就是秘密开设地下赌场的流氓大亨周益夫。张小丽特意邀请猎鹰参加这次接待。她想看看猎鹰对江城这位在黑道上动不动就喊打喊杀、称霸一方的大流氓有何反应。

由于周益夫仇家很多，而天不怕地不怕的他出门又不喜欢保镖跟随，张小丽怕周益夫在酒家出事，为防万一，这次张小丽动用了她的两位鲜为人知的保镖：一位是江湖人称闪电手的黑牡丹欧阳红，另一位是江湖人称人面桃花的陶艳艳。这两位女保镖的外表，简直美得一塌糊涂，但性格却差异很大。风姿绰约的欧阳红冷若冰霜，眼睛里透出来的两束光像两把能杀人的剑；而生性风流的陶艳艳却笑逐颜开，迷人的姿态尽显风情万种，陶艳艳的这种"怀柔"方式使得不少江城名流甘愿拜倒在她的石榴裙下，因此，她的绝招是杀人不见血，让人死于无形之中。

下午6时整，猎鹰在赴约的路途中，忽然接到下线卷毛的电话，说是发现鸡眼出现在新市街地下赌场。猎鹰兴奋不已，心想：真是踏破铁鞋无觅处，得来全不费工夫！猎鹰正准备打方向盘驶往新市街，但转念一想，要是不赴张小丽的约会，肯定会引起她的怀疑。于是，猎鹰只好嘱咐卷毛派人将鸡眼盯死，等候他的电话。接着，他加快速度朝月光大酒店驶去。到达月光大酒店808号包间时，刚好是赴约时间，猎鹰暗中松了一口气。

张小丽见人已到齐，正打算介绍猎鹰给周益夫认识，谁知张小丽还未开口，猎鹰和周益夫却像老朋友似的握着手直笑。

张小丽惊讶地问："你们认识？"猎鹰说："大名鼎鼎的周老大谁不认识，我们还是好兄弟呢！"

喜欢听人拍马屁的周益夫哈哈大笑，紧握着猎鹰的手说："李老弟，我们有半个月未见面了吧？想死我了。"

猎鹰炯炯有神地直视着对方说："是啊，我也很想老大你呀！说真的，小弟这次来江城，过于匆忙，若有不周之处，还望老大多多包涵！"

周益夫又哈哈笑道："李老弟客气了，若不嫌弃，日后有用得着周某的地方，尽管打声招呼便是。"

猎鹰点点头："一定！一定！"

张小丽听着他们两人的对话，暗暗吃惊，觉得这位"李兵"来头果然不小，否则不会跟江城大流氓搭上关系，更何况两人还称兄道弟！

张小丽为了讨好周益夫，故作关心地问："周老板，近来生意很兴隆吧？"

周益夫说："不错！不错！近段时间很奇怪，有钱的人多起来了，都抢着给我送钱哪，哈哈！"

张小丽："何以见得？"

周益夫大大咧咧地说："妈的，现在政策就是好！人人有钱！

就拿鸡眼来说吧，一个月前还穷得叮当响，可现在这小子竟然也发达了，今天他突然去我那儿赶场子，结果输了 3 万多，却脸不红心不跳的，真他妈的牛！哈哈！是不是这小子捡到金元宝了？"

一听到鸡眼这个名字，猎鹰心想要坏事，这周大流氓真是口无遮拦。而张小丽，听说鸡眼就在周益夫的地下赌场，心里既吃惊又高兴！她急忙问："鸡眼？就是那个脸上长着一颗红痣尖嘴猴腮的鸡眼？"

周益夫："对呀，除了他还有谁叫鸡眼？哈哈！"说罢，他那双色迷迷的眼睛贪婪地盯着张小丽的脸，最后停留在坐在张小丽身边的陶艳艳胸脯上。

张小丽用脚轻轻地碰了碰陶艳艳的小腿，陶艳艳会意，立即笑着起身过来给周益夫倒酒，周益夫趁机将她搂进怀里。这一切微妙动作，都没有逃过猎鹰的眼睛。他若无其事似的与张小丽及周益夫干一杯后，借口去走廊吹吹风。

在走廊上，猎鹰望了望四周，趁着没人，便悄悄给下线卷毛打电话，叫他派人潜伏在新市街 10 号地下赌场门口，只要鸡眼一从赌场出来，就想办法将他拿下，找个秘密地方藏起来。

猎鹰刚打完电话，突然发现欧阳红不知什么时候出现在走廊上，而且还是在他背后！猎鹰暗中吸了一口冷气，表面却平静地问："欧阳小姐也出来走廊吹风？"

欧阳红不吃这一套，冷冷地哼了一声，直截了当地问："李先生刚才跟谁通电话？"

猎鹰暗暗叫苦不迭，表面却泰然自若。他急中生智，心想，干脆来个将计就计，于是说："欧阳小姐，是这样的，由于这段时间得到你们老板张小姐的关照，因此我才打电话给手下，叫他们留意鸡眼，发现他后，把他抓来作为礼物献给你们老板张小姐。"

欧阳红："为什么？"

猎鹰："这还用问吗？鸡眼曾在凤凰酒家做过毒品交易，你们老板张小姐心中有数。"说完，他经过欧阳红身边，重新回到808包间。

此时，周益夫与陶艳艳正打得火热，周益夫已迫不及待地站起来，嘿嘿笑着说："两位，失陪了！我需要送陶小姐去休息一下。"

猎鹰一边点头，一边向周益夫调皮地眨眨眼。

张小丽说了声"周老板玩得尽兴"后，望着周益夫的背影，突然发出一丝令人捉摸不透的笑。

待周益夫和陶艳艳走后，欧阳红走进来在张小丽耳边低语一会儿，张小丽脸色大变！她凝视着猎鹰不解地问："先生是怎么知道鸡眼在凤凰酒家做过毒品交易的？"

猎鹰不露痕迹地说："干我们这行买卖的人，消息不灵通还行吗？"

张小丽："先生真是神通广大，令小女子佩服得五体投地！"

猎鹰："过奖！"

张小丽想了想说："实不相瞒，我也正在找鸡眼，想从他那儿了解真相，看看是谁在与我作对！只是，现在听说他在周老板的赌场，我怕抓他周老板会不高兴。"

猎鹰说："放心吧，周老大这边算我来摆平，相信他会给我这个面子。"

张小丽这回对猎鹰是真的刮目相看了！她原以为猎鹰跟鸡眼是一伙的，未想到猎鹰的势力大得竟然连周益夫老流氓都敢得罪，张小丽暗中狂喜，心想：只要与这位"李兵"合作，将来在广西与云南交界的西洋江畔秘密开设一条地下贩毒通道应该没有问题。张小丽着急，是因为云南那边外号"大姐"的毒枭催得紧，要她想方设法利用江城郊外东南方那片原始森林，迅速建立一条地下贩毒通道，神不知鬼不觉地将毒品从云南经西洋江运往广西。只是近来有人也想利用那片原始森林而暗中排挤她，使她变得左右为难。现在她舒了一口气，因为"李兵"的出现，无疑帮了她一个大忙。

当晚9点20分，猎鹰接到下线卷毛的电话，说是鸡眼在地下赌场被人暗杀，现在警方正在出事地点。猎鹰一听，顿时愣住了！

猎鹰回过神来，将这事告诉坐在对面的张小丽。

张小丽也吓出了一身冷汗。

猎鹰迷惑不解地说："究竟是谁这么神速？"

张小丽："明显是杀人灭口！"

于是，猎鹰和张小丽大眼瞪小眼，你看着我，我看着你，互相猜疑起来。两人都突然感觉对方是多么的神秘可怕！

最后，还是张小丽打破了沉默："周老板与艳艳在温柔乡呢，要不要告诉他？"

猎鹰叹息着说了声"请便"，起身告辞。

当晚，猎鹰用特殊代码给郑局长发了信息，征求意见。

郑局长立即召集局领导开会，最后一致认为暂时不要打草惊蛇。鸡眼一死，唯一能利用的只有张小丽了，所以还得以张小丽为突破口，钓出她背后更大的鱼。

猎鹰获得新的指示后，相信他自己的判断是正确的。目前，猎鹰感到棘手的是，张小丽身边那位长得冰清玉洁却又冷若冰霜的女子欧阳红，他觉得，欧阳红是个最危险的神秘人物！

五

自从新市街 10 号发生命案后，流氓大亨周益夫的地下赌场被警方捣毁。同时，周益夫本人也被"请"到公安局。因证据确凿，警方将其犯罪材料移送检察院，不久便被检察院起诉。至此，曾经不可一世、目中无人的江城大流氓周益夫，转眼之间成了阶下囚，受到法律公正的惩罚！

周益夫被捕，最高兴的就是冷艳玫瑰张小丽。平时，周益夫以保护人的名义对她暗中威胁，收取保护费，她敢怒不敢言，只好忍气吞声。她暗中发誓，迟早有一天她会亲自割下周益夫的人头，以解心头之恨！想不到，她还没有作好出手准备，却有人先她而下手了。张小丽暗中吃惊：究竟是谁如此胆大包天，竟敢拿江城的流氓头子来开刀？

最后，张小丽想到了猎鹰，想到了猎鹰那天在月光大酒店808 包间说的那番话。她认为，只有这位"李兵"才有如此胆量！再说，自从"李兵"出现后，江城似乎笼罩上了一层神秘色彩，怪事频出，不是他还有谁？想到这里，张小丽不由打了一个冷战！

与此同时，猎鹰也在进行种种分析和猜测。本来，他打算从张小丽身上将其背后的大毒枭挖出来后，才将周益夫的地下赌场举报给当地警方。可有人比他还快，杀死鸡眼，却无意中将周益夫的地下赌场暴露给了警方。猎鹰百思不得其解，到底是谁在暗中操纵这一切？张小丽？可那天张小丽一直在他身边，其保镖欧阳红也没离开半步，除非……猎鹰眼前一亮，想到一个人！为了证明他的判断是否正确，他决定再次冒险，设下圈套，将计就计。

这天，猎鹰特地去看守所探望周益夫，并从周益夫嘴里获得了一些新的信息，进一步证明了自己的判断。回来之后，猎鹰打电话给张小丽，约她一起去打高尔夫球。张小丽不敢怠慢，带着欧阳红和陶艳艳准时赴约。

打球途中，趁着张小丽和欧阳红去察看进球时，猎鹰对陶艳艳说："我知道你老板对我有些看法，不过没关系，再过几天，我会将杀死鸡眼的人告诉她，也好解除我们的误会。"

陶艳艳睁大眼睛问："李先生知道杀死鸡眼的人?"

猎鹰盯着陶艳艳说："目前我还不知道这人是谁，不过我会很快弄清楚的，因为当天，我的一位手下正好在场，亲眼目睹了鸡眼被杀的全部过程。"

陶艳艳："李先生的意思是，那位杀手已经在你手下的监控之中?"

猎鹰哈哈一笑，说："陶小姐真聪明! 可以这么说吧。"

陶艳艳半认真半玩笑地问："李先生这次来江城，无疑是有备而来，跟来的手下不少吧?"

猎鹰巧妙回答："陶小姐，你认为呢?"

陶艳艳莞尔一笑，说："我相信先生这次带来的人马肯定不少。"

猎鹰只笑不答。这时，张小丽在不远处喊起来："你们快来看，我第二杆就将球打进洞了。"猎鹰与陶艳艳不约而同地跑了过去……

当天晚上，猎鹰故意去张小丽开的大世界娱乐城玩了几个钟头，直到凌晨时分，他才从大世界出来。在返回凤凰酒家的路上，一辆黑色轿车在猎鹰后面不紧不慢地行驶着。猎鹰顿时明白有人跟踪，他斜眼看了看反光镜，嘴角露出一丝冷笑。

回到凤凰酒家，猎鹰洗完澡后，关灯将床铺整理得像有人熟睡的样子，然后溜到阳台一角，静静地守候着。直到凌晨3点左右，有个黑影幽灵似的开门进来，毫无声息地闪进卧室，用带着消音器的手枪对着床上就是一阵扫射，然后走过去揭开棉被……

就在来人大吃一惊时，猎鹰不知什么时候已站在此人身后，一招凶狠的大力神掌劈向此人后脑勺，只见此人哼都来不及哼一声，便栽倒在地上晕死过去了。

猎鹰开灯一看，果然不出所料！来人正是张小丽的保镖陶艳艳！

猎鹰拔除安在电话下面的窃听器，将陶艳艳收拾好后，点燃一支烟，直到陶艳艳渐渐苏醒过来，才冷冷地说："想不到陶小姐来得这么快，而且下手这么狠！"

陶艳艳不服气地说："谁叫李先生多管闲事！"

想了想，陶艳艳又不解地问："我不明白，李先生是怎么知道我要来杀你的？"

猎鹰说："奇怪是吧？那好，让我来告诉你。其实，那天，在月光大酒店808包间，当周益夫说出鸡眼在地下赌场出现的时候，我就预感到事情不妙，于是起身到走廊给我手下打电话，当时欧阳小姐也听到了，本来，我叫手下等鸡眼一走出地下赌场就动手，想不到陶小姐却先下手为强，杀人灭口。"

陶艳艳仍迷惑不解："胡说！我当时跟周益夫在一起，你是知道的，怎么会……"

猎鹰说："这就是你的高明之处。当你与周益夫做完床第之事，趁周益夫口渴，你暗中在饮料里下了安眠药，让周益夫喝完饮料，一会儿就呼呼大睡了。接着，你匆匆化妆，神不知鬼不觉地潜到新市街 10 号地下赌场，暗杀鸡眼后又快速回到周益夫身边。"

陶艳艳惊讶得瞪大眼睛："你怎么知道?"

猎鹰接着说："因为那天在场的只有我们 5 人，张小姐和欧阳小姐一直没有离开我的视线，而周益夫更不可能搬起石头砸自己的脚，让警方知道他的地下赌场，因此，最大的嫌疑只有你陶小姐!"

猎鹰又点燃一支烟，深深地吸了一口，继续说道："原先，我对你也只是怀疑而已，直到昨天上午，我去看守所探望周益夫，并向他打听那晚的情况，结果他告诉我，那晚喝了陶小姐你给他的饮料后，脑袋昏昏沉沉的，很快就睡着，因此我便清楚是怎么回事了。昨天下午，为进一步证实我的判断，我约张小姐去打高尔夫球，趁她和欧阳小姐离开的时候，故意对你说出那番话，当时，我发现你很紧张，就猜测你为了不使自己暴露，很快会来杀我灭口。"说到这里，猎鹰轻蔑地望着陶艳艳。

陶艳艳见事已至此，只好硬着头皮说："既然李先生已经知道，我也不必多作解释，要杀要剐，悉听尊便!"说着把枪递了过来。

猎鹰却将陶艳艳的枪递回给她，认真地说："杀死你又有何用? 都是跑黑道的人，再说，冤家宜解不宜结，我相信这个道理陶小姐比我更清楚!"

陶艳艳做梦也想不到猎鹰会放过她，于是充满感激地说："李先生真是大人大量，令我佩服! 日后有用得着我的地方，尽管吩咐。"

猎鹰微笑着点点头想了想问："我知道陶小姐这次行刺不代表张小姐，为什么陶小姐要这样做呢?"

陶艳艳："既然李先生留下我一条命，我也不再隐瞒。其实，我是大姐派来张小丽身边卧底的。我叫鸡眼在凤凰酒家做一桩小买卖，目的是试探张小丽这条线会不会被警方发现，有没有实力，可不可靠。谁想到，张小丽在欧阳红的煽风点火下，以为有人与她作对，硬要查个水落石出，所以……"

猎鹰打断陶艳艳的话，问："你说的大姐是谁？"

陶艳艳闭口不言。

猎鹰哈哈一笑，说："怎么，陶小姐信不过李某？"

陶艳艳有些不好意思，想了想才说："大姐是云南方面给张小丽供货的人，我真正的老板。"

猎鹰暗中狂喜，表面却若有所思地说："原来这样。我以为张小姐自己有货呢。"

陶艳艳凝视着猎鹰，友好地说："我知道李先生是做大买卖的，要不这样吧，李先生有心的话，我们可以一起合作，你看怎样？"

猎鹰语气中略带迟疑地说："这样当然好！只是，张小姐那儿怎么办？"

陶艳艳答道："大姐的意思是不能放弃张小丽，因为我们已经在广西与云南交界的西洋江边秘密建了一条地下通道，我们得利用张小丽在广西这边接货。再说，通过我这段时间的观察，发现将交货地点设在江城郊外那片原始森林再好不过。李先生不用担心，只要你不将我今晚的事告诉张小丽，你与她的误会我会设法从中解除，然后你与她合作，一起做这笔生意。"

猎鹰："陶小姐放心，今晚的事我不会告诉任何人，我有分寸，懂得江湖上的规矩。"

陶艳艳对猎鹰充满了感激！

猎鹰突然说："我觉得欧阳小姐平时总是冷冰冰的，说话也怪怪的，好像不是当地人，你知不知道她是哪里的？"

陶艳艳有些吃醋地问："李先生对欧阳红感兴趣？"

猎鹰："哪里哪里，我只是随便问问而已。"

陶艳艳摇摇头说："她是哪里的，我也不知道，因为她比我先到张小丽身边。我只知道她是张小丽最信任的保镖。"

猎鹰"哦"了一声。过了一会儿，又说："要是陶小姐信得过我李某，可以带我去踩踩道。"

陶艳艳："李先生不是已经踩过了吗？"

猎鹰突然想到江城郊外森林里半悬崖上那个隐蔽的山洞。

他吃惊地问："陶小姐说的是……"

陶艳艳："李先生是个聪明人，还用得着我细说吗？好了，有机会我会带李先生去踩踩脚的。"

猎鹰说声："谢谢！"接着想起什么似的说，"时候不早了，陶小姐请回吧。"

陶艳艳望着身材魁梧极有魅力的猎鹰，不由芳心大动，忍不住娇媚地笑着说："李先生不想留我在你这儿过夜？"

猎鹰内心无不轻蔑，口上却善解人意地说："谢谢陶小姐美意，改天吧。为了不引起张小姐对你的怀疑，今晚你还是回去比较好。"

陶艳艳想想，觉得也有道理。她深情地望了猎鹰一眼，依依不舍地走出房间，飘然离去。

六

人面桃花陶艳艳刚离开凤凰酒家，猎鹰马上用手机短信方式与远在千里的郑局长取得联系，把在江城的进展作了一个全面汇报，并请示下一步的具体行动。

30分钟左右，猎鹰得到郑局长的答复：差之毫厘，谬之千里。为确保万无一失，先弄清贩毒集团开辟地下贩毒通道的正确位置。

次日，猎鹰巧妙地摆脱了张小丽派来跟踪的"尾巴"，在江边码头旧仓库与下线卷毛见面。猎鹰给卷毛一笔数目不小的钱后，吩咐他密切注意每一个与张小丽接触的人，尤其是外面来的，一旦发现，及时向他报告。猎鹰凑在卷毛耳边如此如此这般这般，卷毛听罢，拍拍胸口说："老大你放心，看在钱的份上，我卷毛做事包你满意！"

当天下午3时许，猎鹰从卷毛那儿获得一条可靠消息，说是张小丽在月光大酒店秘密接见一对云南口音的男女，45分钟后，这对男女匆匆离开江城，乘坐一辆红色出租车驶往江城郊外东南方向。

猎鹰心花怒放，认为这两人肯定是为开辟地下贩毒通道前来投石问路的。他不敢怠慢，立即化装成一个满脸络腮胡的莽汉，走出凤凰酒家，拦了一辆的士在市内转一圈后，乘上另一辆的士朝江城东南方那片原始森林飞驰而去……

回过头来说说张小丽。她确实不知道，那位供货给她的"大姐"已在江城郊外那片原始森林里建立了地下贩毒通道。卷毛发现的那对男女，就是"大姐"派来告诉张小丽有关地下通道这一消息的。"大姐"将地下贩毒通道设在江城郊外那片原始森林里，是因为广西与云南分界的西洋江就从那儿经过，只要选择的位置隐蔽，从西洋江对岸将毒品贩入广西境内就会得心应手。

另外，让张小丽做梦也想不到，她最信任的保镖之一陶艳艳是"大姐"派来她身边卧底的，"大姐"这么做，目的很明显，一旦张小丽失手，暴露身份给警方时，陶艳艳就会杀人灭口，让张小丽从这个世界上消失！

话说回来。猎鹰赶到那片原始森林，顾不上多想，就径直钻进森林深处，抄小路提前来到他曾发现的一个不知是谁搭建在那座悬崖顶上的茅屋。猎鹰隐藏在这儿，是因为那个令人不易察觉的石洞，就在那座悬崖半壁的一株古树背后。根据猎鹰平时的观察，那个石山洞里有一只栖息的鹰。猎鹰心想：贩毒集团选择此处做地下通道，真是聪明狡猾！有那只鹰在洞里做掩护，谁又会想到里面有着不可告人的秘密？

时值傍晚，那只硕大无比的鹰突然出现在西洋江上空，忽高忽低地盘旋着，直到一声呼啸响过，它才猛地振动翅膀向大山深处飞去。

此时，山下忽然出现一对男女，在夕阳染得如血蜿蜒而去的西洋江畔，升起了一堆篝火。男的很高很瘦，正忙着支一顶帐篷。女的纤巧，裹着牛仔裤的身子在火堆旁不停地晃来晃去。

在离他们不足千米的那座悬崖半壁上，那只硕大无比的鹰正立在洞口处，用一双仇视的眼睛对他们死死盯着，似乎随时准备进攻。与此同时，猎鹰正躲藏在那座悬崖顶上的杂树丛中，观察着他们的动静。

山下江边那对男女支好帐篷后，拿出一张绘图，一边看着一边往山上指指点点，而后兴奋得练起了拳脚，你来我往，如影随形地进行热身。猎鹰嘴里不由发出一声冷笑。他一望就明白，那对男女的套路是大通拳里的"仙人指路"和"霹雳神掌"。

是夜，月黑风高，猎鹰使出绝技，幽灵般飘下山来，躲躲闪闪地摸到帐篷边，侧耳细听，帐篷里鸦雀无声，只有帐篷外的一堆柴火随着大风烧得劈啪作响。猎鹰暗暗吃惊:这对男女去了哪儿?

正思绪间,不远处半悬崖上忽然传来那只鹰一声凄厉的嘶叫,接着它扑打着翅膀飞离栖身之地。猎鹰变了脸色,心七上八下颤抖地急跳,心想出事了,于是飞身跃起,急忙往回路匆匆赶去。

自从猎鹰来过这片原始森林几次之后,他对那只栖息在石洞里的鹰充满好感,并与它成了朋友,彼此之间心灵相通似的,每当猎鹰一打口哨,那只鹰便会振动翅膀在他头顶的上空来回盘旋,似乎向他表示友好。

猎鹰来到崖下,不见异常,正觉奇怪,半悬崖上洞口旁的枝叶却一阵哗啦啦声响,那只鹰又振动着翅膀飞了回来。此时,山下的西洋江畔莫名其妙地响起了饿狼哀嚎似的叫声,那叫声在山谷间悠悠缭绕,让世界变成令人捉摸不透的谜。

不久,江对岸有一束光时明时灭向这边照射过来,那哀叫声顿时戛然而止,接着篝火熄灭,世界恢复神秘宁静之中。

猎鹰目睹着这一切,嘴角露出一丝不易察觉的冷笑。此时,天已蒙蒙亮。猎鹰没有草率下山继续搜寻那对男女。再说,那对男女身手敏捷,功夫非同一般,他只好隐藏在悬崖附近的杂草丛中,静观变化。

不一会儿,山下那条江上开始弥漫着浓浓的雾气。接着,乳色一般的浓雾随风而舞,翻翻滚滚扩散至山谷之间,直冲山林深处。直到浓雾变淡,一轮红日从东方那高高的山顶冉冉而升,放射霞光万丈,把山上山下勾画得完美无缺时,猎鹰才发现,山下江边那顶帐篷已消失得无影无踪了。

大约一刻钟,那对男女来到悬崖下,四处张望,不见异常,然后用壁虎游墙功向着悬崖半壁处的石洞爬去，很快接近洞口，转瞬消失。

猎鹰奇怪，平时栖息在石洞里的那只鹰怎么没有动静？是不是……猎鹰心想不妙，怀疑那只鹰已出事。然而，他此时顾不上那只鹰了，跟踪要紧！于是，他凭借着一身过硬的功夫，忽左忽右地攀壁上去，好不容易到达洞口，一看，里面黑糊糊一片，只有洞口边沿留着一滩散发着腥臭气味的血。

猎鹰走进洞里，一会儿有了淡淡的亮光。他发现洞里宽大，且一直往深处延伸。猎鹰拿着随身携带的手电筒，在洞里仔细搜寻，发现地上有一些很明显的新鲜鞋印，猎鹰不顾一切地向洞的深处走去。

此洞往里延伸的方向，是山背面的森林，听说常有猛兽出没，至今无人敢于跨入。猎鹰摸着洞壁小心翼翼地走着，洞里的通道一会儿宽一会儿窄，漆黑且延伸得似乎毫无尽头。

一小时后，猎鹰走到一处特别空旷之处，估计高有八米，长宽十丈有余。猎鹰发现，这里地上有着大量的空罐头壳和烟头，显然有人在这里聚集过。他把手电光柱移向四周，重新扫描一次，这时，隐约有脚步声从远处传来，将近，却又转了方向，消失。

猎鹰按灭手电筒，沿着脚步声传来的方向慢慢摸黑而去。刚走一会儿，就听见不远处传来一阵鬼哭狼嚎的叫声，那声音阴阳怪气地在洞里回荡，令人听得毛骨悚然。猎鹰毕竟是百里挑一的特警，艺高胆大，根本不怕，仍然悄悄前进着。

大约又摸黑前进半个小时，走到了尽头。猎鹰打亮手电一看，什么也没有，他深感失望。转回头时，他才发现洞里有另一条缓缓向下的通道。猎鹰心想目标可能就在下面，于是朝这条通道紧追而去。不久，猎鹰听到水流的声音，一条不知流往何处的暗河挡住去路，就此走到尽头。

猎鹰借着手电光柱仔细观察暗河里的流水，一会儿就有鱼儿跃出水面，他惊喜不已，急忙关掉手电筒，顺水流方向望去，那头隐约透过来一丝微弱的亮光。这下猎鹰明白了，原来，这条暗河流出不远，就汇入那条充满神奇色彩的西洋江！

猎鹰脱掉衣裤，冒险跳进冰凉的水里，一刻钟左右，他证实了自己的判断。让猎鹰惊奇和兴奋的是，此时正好有一只小船载着那对男女驶向西洋江对岸，瞬间消失在江边的乱树丛中。猎鹰终于明白，原来这个鲜为人知的黑洞，果然是贩毒集团秘密建立起来的地下通道！看来，陶艳艳没有骗他，他得赶紧与陶艳艳建立"关系"，以此达到接近其背后大毒枭的目的。

猎鹰把身边的地形观察一阵后，重新游回洞里，穿上衣服，沿来路回至洞口，他惊愕地发现那只鹰竟然还活着，正堵住洞口，目光凶狠地死盯着他！猎鹰的心怦怦急跳，显然那只鹰对他已失去往日友好。

猎鹰站在十米远处，与鹰相对而立。良久，他把手电光柱往鹰身上移了移，这才发现鹰被人用箭射伤了，难怪它把洞里模糊不清的他当成了敌人！猎鹰把手放进嘴里，吹了声响亮的口哨。顿时，那只鹰回应一声长长的哀鸣，明白似的尽力拍着翅膀，摇摇晃晃飞向空中，为他让开了走出洞口的路。

七

猎鹰走出那片原始森林，手机刚接收到信号，就响起来。卷毛在电话那头说："昨晚你去哪里了，一晚上都联系不上。知道吗，昨天那对男女离开张小丽的月光大酒店 1 小时后，张小丽也急匆匆出门，和她司机开着她的宝马朝江城的东南方向驶去。"

猎鹰一惊，心想：是不是我暴露了行踪？张小丽不是一般女子，她肯定也去了那片原始森林！猎鹰不由冒出一身冷汗。

回到凤凰酒家，一夜未睡的猎鹰顿时身感疲倦，冲完冷水澡后就倒在床上，打算睡个好觉。谁知这时床头柜上的电话催命似的响起来。猎鹰拿起话筒一听，里面传来陶艳艳娇滴滴的声音："李先生，在做什么，有没有兴趣一起上街走走？"

猎鹰灵机一动，毫不隐瞒地说："谢谢陶小姐的盛情邀请，只是昨晚我一夜未睡，现在刚回来，想好好休息一下。"

陶艳艳故作惊讶地问："李先生昨晚去了哪里？"

猎鹰："实不相瞒，昨晚我去了那片原始森林。"

陶艳艳："是吗？都看见什么了？"

猎鹰："一男一女。我还跟踪他们进了那个石洞。"

陶艳艳："李先生，电话里不方便说，我去你那儿再说好吗？"

十来分钟后，陶艳艳进了凤凰酒家 909 号客房。

当猎鹰把在森林里所看到的一切告诉陶艳艳时，陶艳艳觉得对她丝毫没有隐瞒的猎鹰是个不可多得的可靠人物。她对猎鹰增加了更多的好感。

望着猎鹰仪表堂堂的身材，陶艳艳脸红心跳，满面桃花，一双媚眼不停地向猎鹰暗送秋波。

猎鹰为了获得陶艳艳的进一步信任，他只好紧紧地将陶艳艳搂进怀里，不失时机地问："艳艳，张小姐似乎对我还有顾虑，你什么时候……"

陶艳艳听到猎鹰叫她艳艳，心花怒放，娇喘喘地说："兵哥，你放心，明天大姐派人来带张小丽去踩道，到时你按我吩咐的去做……"说到这儿,陶艳艳用双手搂住猎鹰的脖子,"咬"着他的耳朵叽叽喳喳地说出了她的计划。猎鹰一听,觉得是个妙计。

第二天,猎鹰提前来到那片原始森林,躲藏在悬崖顶上那间隐蔽在杂树丛中的小茅屋里。

中午时分,那只栖息在半悬崖石洞中的鹰突然在屋顶上空报警似的尖叫。猎鹰知道"客人"来了,顿时弹跳而起,手握猎枪走出屋门,借着树叶掩盖往山下一望,发现前天那个瘦高男人与张小丽一起鬼鬼祟祟地朝山上走来。

此时烈日当空,猎鹰看得清楚,张小丽与瘦高男人来到悬崖下,拿出一张图纸叽里咕噜地比划着,东张西望。接下来,张小丽在悬崖下负责放哨,瘦高男人猴子似地直往悬崖上爬,到达鹰栖身的洞口,一闪不见了。

猎鹰窥探着张小丽那张柔滑圆润光彩照人的脸,心里叹息:这么美的女人只可惜走错了人生道路。

时间就这么一分一秒地过去。忽然,猎鹰和张小丽同时听到悬崖洞中传出一阵激烈而沉闷的枪声。不一会儿,那位瘦高男人逃到洞口,刚对着悬崖下面的张小丽喊了声"中计了快跑",接着身中数弹,倒在洞口边沿,被人拖进洞里去了。

见此情景,张小丽吓得魂飞魄散,急忙躲闪到一株茂密的树下。直到洞口没有动静,她才出来,打算亲自上至洞口探个究竟。

然而,就在张小丽攀壁而上时,洞口处突然冒出几颗人头,其中一人还把枪口偷偷瞄准张小丽。猎鹰见时机已到,急忙举起猎枪,"嘭嘭"两声把子弹射向洞口,紧接着冲出草丛,飞身跃起,将张小丽拖了下来,扑在她身上,抱着她迅速滚到一边。张小丽还未反应过来,洞口处已雨点般地射来一串子弹,差点打中猎鹰和张小丽!

猎鹰的枪里已经没有子弹,只好拉着张小丽左躲右闪,迅速逃离危险地带。大约一刻钟,洞口处的枪声停了下来。

直到这时,张小丽才认真地望着猎鹰,张大嘴巴:"李先生,怎么是你?"

猎鹰说:"张小姐,你很奇怪吧。其实,前天我来过这儿,发现有一对神秘男女进了上面的石洞,当时我也很奇怪,因此跟了进去,结果发现他们突然消失了。我怀疑他们和鸡眼是一伙的,也就是与你对着干的那帮人。为了证实我的判断,今天我打算再来察看一番,谁知刚到这儿,就发生了情况,到底是怎么回事?"

张小丽的心狂跳不已,她摇摇头: "我也不清楚是怎么回事。"

猎鹰故作不解:"奇怪,他们为什么要杀你?"

张小丽突然警惕起来,望着猎鹰直截了当地问:"我也奇怪,为什么我每次出事,李先生都在关键时刻救了我?"

猎鹰有些恼火:"张小姐这话什么意思,难道我救你救错了?"

张小丽急忙说道:"李先生,对不起!是我多心了。"

猎鹰摆摆手: "算啦,我理解张小姐此时的心情。老实说,换成是我,也会朝这方面想的。"

张小丽:"先生真善解人意,令小女子心服口服!小女子再次感谢先生的救命之恩。"话虽这么说,但张小丽内心却在进行着激烈斗争,一会儿埋怨大姐选的这条地下通道不可靠,一会儿又猜疑猎鹰究竟是什么人。总之,她对猎鹰不仅没有增加信任,反而更加提高警惕了。

好在张小丽无论怎么怀疑猎鹰,也只是把他当作黑社会另一个有着强大势力的集团成员。为扩展势力，她不会轻易放弃讨好猎鹰。因此，她对猎鹰所说的话，多数还是以实相告。

瘦高男人莫名其妙地被人开枪打死，张小丽忧心忡忡："刚才被打死的那个男人，是大姐派来带我踩道的，他死了，我不知道如何向大姐交待。"

猎鹰："大姐？大姐就是你的上家？"

张小丽点点头。想了想，说了实话："大姐家住广西与云南交界的一个小镇，已有多年的贩毒历史。她很神秘，听说长得很美，大姐只是她的绰号，黑道中极少有人知道她的真实姓名。正因如此，黑道中很多与她有过毒品交易的人，后来被警方抓了，而她这位美人由于没有暴露真实身份，才一次又一次地逃脱警方视线。"

猎鹰吃惊："这么说，你也没有见过这位大姐的真面目？"

张小丽："是的，我从未见过。我还没有和她打交道的时候，只听说她开辟的地下贩毒通道原来不在西洋江畔，而是秘密开辟在其他地方。前几年，她与另外那些毒枭们苦心经营的地下贩毒通道遭到警方摧毁，她才想到另辟贩毒途径，与我取得联系，打算经西洋江把毒品贩到广西境内。"

猎鹰趁机问："如此说来，你还没有跟她做过交易？"

张小丽："这两年时间，我与她做过几次，但数量不多。每一次都是她事先找好地点，然后派手下将货送来与我交易。"

猎鹰故作失望地说："原来这样！我还以为货源充足呢，要是量不大，恐怕我的老板对这种小儿科似的买卖不感兴趣。"

张小丽急忙说："先生请放心，凭我与大姐做过的那几次交易，我感觉得出，大姐的货源肯定很充足。这次，大姐是认真的，她派人潜到广西境内，目的就是专为探查这条地下贩毒通道是否安全而来的。"

猎鹰暗喜，心想果真如此，要不了多久就会光荣完成这次卧底任务，将广西与云南交界西洋江这条地下贩毒通道的贩毒集团一举歼灭！

猎鹰找个地方将他那支双管猎枪收藏好后，与张小丽沿来路匆匆赶回，半天无话，各自心怀鬼胎想着心事。即将走出林区时，不远处的树上，一只不知名的小鸟没完没了地叫着，吵得张小丽焦躁不安。她忘了猎鹰在身后，顾不上多想，俯下身从小腿上抽出一支飞镖来，扬手使劲打去，"噗"的一声，小鸟停止了歌唱。

猎鹰心惊不已，原来这女人手上飞镖煞是厉害！他想，那只鹰受伤，估计是这女人射的。照此而言，前天张小丽已先他而进了那个鲜为人知的石洞，只是他当时没有察觉而已。

猎鹰暗中打了个寒战，表面平静地说："想不到张小姐身怀绝技，这一手夺命飞镖令李某大开眼界！"

张小丽这时才想到身边还有个"李兵"，顿时后悔不已。既然已经暴露，她只好说："这只是小女子的雕虫小技，献丑了，让先生见笑。"

猎鹰想了想问："我很好奇，既然张小姐功夫这么好，那天傍晚被两个蒙面人绑架，为什么不还击？"

张小丽一笑，说："那次不是有先生出手相救吗？"

猎鹰："我明白了，张小姐不到万不得已是不会轻易使出绝技的。"

张小丽说："随先生怎么说吧。"

走出林区，张小丽的宝马早就停在路边。欧阳红和陶艳艳从车里出来。陶艳艳看见猎鹰，故意吃惊地说："李先生，怎么你

也……"

猎鹰打断她的话："我是来森林里偷猎的，刚巧遇上了张小姐。"

这时，欧阳红发现少了那个瘦高男人，于是问张小丽："丽姐，乌鸦呢？"

张小丽："死了！"

陶艳艳和欧阳红惊得张大了嘴巴。

张小丽说："这次多亏李先生救我一命，否则我早已魂飞天外了。"

欧阳红有些埋怨地对张小丽说："你也真是，死活不让我们跟去，要是有个三长两短，怎么办？"

"别提了，先回去吧。"张小丽不耐烦地说。接着又问猎鹰，"先生没开车来？"

猎鹰："我是打的来的。"

张小丽："那一起走吧。"

回到城里，趁猎鹰回房，张小丽沉不住气，急忙用装有无需身份证办理的那种手机卡与云南方面的大姐取得联系，把森林里发生的意外汇报给她。谁知，大姐却说："对不起，这是我们带你踩道时的实弹演习，目的是考察你的应变能力以及看看周围的情况。"

张小丽恍然大悟：原来是大姐一手策划的，还以为有人从中捣鬼呢！看来，我真的错怪李先生了。

大姐问："石洞下救你的男人是谁？"

张小丽随机应变地说："他是自己人。"

大姐："自己人就好。如果不是，管他哪路神仙，都要把他杀掉，以免后患无穷！"

张小丽："知道了，我听大姐的。"

关闭手机，张小丽倒在沙发上，终于长长地舒了一口气。

八

猎鹰的出现，使张小丽整日惶惶不安！但她不可能杀死猎鹰，因为猎鹰连周益夫都不怕，说明他势力强大。张小丽是个颇有心计的女人，她想等到完全了解猎鹰之后，若是没有危险，她会与猎鹰交好，以此增加自己的黑社会势力。然而，有一个人比张小丽更有心计，此人不是别人，正是张小丽的保镖陶艳艳！张小丽与之相比，简直是小巫见大巫。

自从猎鹰出现在江城后，人面桃花陶艳艳在猎鹰身上花了不少工夫。为了钓到猎鹰这条大鱼，找到真正的大买家，陶艳艳使出浑身解数。

这天，张小丽突然接到大姐电话，要她派人到云南走一趟，商谈事宜，然后做一桩大买卖。大姐特别吩咐，要张小丽将猎鹰一起带去云南，她打算亲自对猎鹰进行考验。张小丽很高兴，认为大姐想得周到，她想借此机会，看看猎鹰到底是个什么背景。再说，她赚钱的机会有的是，就在这几天，她的一个下家刚与她取得联系，想要一批价值二百万元的毒品。她认为，只要能从大姐那儿搞到货，再转给那位下家，就能狠狠地从中捞到一笔！

由于陶艳艳是从云南来的，张小丽认为让她去云南与大姐的人会面比较合适。当天下午，正好是陶艳艳与猎鹰在凤凰酒家909客房聊得火热时，张小丽给陶艳艳打电话，要她与猎鹰一起去云南，具体事宜到了月光大酒店再详细交代。

猎鹰问她怎么回事。她心里打着小九九，对猎鹰说："我知道是怎么回事，我出门后，你立即前往那片原始森林等我。"

傍晚，张小丽派车将陶艳艳送到江城东南方那片原始森林入口处。大姐派来接应的人早已等在那儿。此人外号朱老二，满脸横肉，相貌凶狠，有着一身过硬的武艺。他与陶艳艳走进林区不足100米时，猎鹰从一株枫树后面一闪，出现在他们面前。朱老二以为有人偷袭，急忙护着陶艳艳，扎稳马步，双掌运足气力，欲以一招"排山倒海"推出，陶艳艳迅速阻拦，告诉他是自己人。朱老二听罢，才恍然大悟，直起腰杆，对着猎鹰嘿嘿一笑。

猎鹰随着朱老二与陶艳艳来到大山脚下的西洋江畔，此时夜幕已经降临。

朱老二找来一堆干柴火，选了个空旷之处将柴火点燃，瞬间升起熊熊大火。接着，朱老二模仿狼的声音发出一阵凄厉的哀叫。不一会儿，江对岸有一束忽亮忽灭的手电光射来。朱老二将火熄灭，带着陶艳艳和猎鹰往那座高高的悬崖窜去。

大约两个钟头，朱老二一伙来到洞里那条暗河边，他再次阴阳怪气地叫了几声。过了几分钟，一位披头散发的老者开进来一艘小型客船。

猎鹰紧随着陶艳艳上船，老者冷若冰霜地瞟了猎鹰一眼。猎鹰分明看出，那阴森森的目光里充满着杀气。

客船随着"哒哒"声飘出暗河，神神秘秘地朝对岸驶去……

次日，猎鹰和陶艳艳在云南某边陲小镇一家不起眼的小旅馆住下后，陶艳艳说："为防万一，你哪也别去，就在这儿等我消息。"

猎鹰不解地问："那你呢？"

"我去见大姐的人。"临出门时，陶艳艳又说，"放心吧，适当的时候，我会带你一起去的。"

猎鹰在旅馆无所事事，几次拿起床头柜上的电话，但想想又觉不妥，只好放下话筒，漫不经心地看着电视。突然，一阵急促的敲门声响了起来。猎鹰来不及反应，门已经被旅馆服务员打开，接着进来两个身着警服的男人，一见猎鹰就高兴地伸出手来，其中一个与猎鹰握着手说："警官你好！我们局长听说你来了，特地安排我们来接你。"

猎鹰觉得此人面熟，好像在哪儿见过，于是多看了几眼。这一看，猎鹰暗中捏了一把冷汗。原来，这家伙不是别人，正是那天发生枪战中被打死在石洞口的瘦高男人。猎鹰眼珠一转，明白什么似的，故作惊讶说："局长？什么局长？警察同志，你搞错了，我只是个生意人，刚来贵地，根本不认识你们局长！"说着，猎鹰从公文包里拿出身份证，毕恭毕敬地递给瘦高男人。

瘦高男人接过身份证仔细一看，才没趣地说："李先生，不好意思，我们认错人了。"说完，挥挥手，与另一个假扮警察的男人灰溜溜走出门去。

不一会儿，陶艳艳惊喜万分地敲门进来，激动地搂着猎鹰的脖子亲了一口。猎鹰推开她，慌忙说："艳艳，这里不安全，刚才有警察来过，我们还是换个地方吧。"

陶艳艳一点也不惊慌，反而高兴地说："没事的，他们是自己人。"

猎鹰扮作惊呆状，他迷惑不解地望着陶艳艳。陶艳艳重新扑进他怀里，解释道："这旅馆是道上人开的，也是我们的联络地点。刚才那两位是大姐手下，大姐不放心，叫他们对你进行试探。"

猎鹰一听，恍然大悟似的。陶艳艳迫不及待地将猎鹰拉到床边，笑逐颜开地说："兵，恭喜你，这次考验你过关了。"

猎鹰再次推开陶艳艳，恼火地说："什么狗屁考验，你难道还不相信我李某？"

陶艳艳抓着猎鹰的手，坐在床沿上说："兵，别生气，我相信你，只是大姐对你不放心。再说，这也是道上的规矩，为谨慎从事，不管是谁都得过这一关。老实说，你刚到那片森林的时候，大姐的人就暗中注意到你了。那次在洞里发生枪战，就是大姐设下的圈套，对你进行摸底。"

猎鹰冷笑着说："原来你那天安排我去演英雄救美的戏，不是为了我，而是为了你大姐。"

陶艳艳："兵，你别误解。我这么做，真的是想让你在张小丽面前有个表现的机会，要不我怎么会叫你去？你不去，大姐又怎么有机会考验你呢？再说，现在张小丽不是对你已经很信任了吗。"

猎鹰不耐烦地摆摆手："算了，算了，事已至此，争这些还有什么用。"

吃午饭时，猎鹰再次要求陶艳艳带他去见那位神秘的大姐。

陶艳艳无奈地说："兵，实话告诉你吧，大姐是不会见任何人的，就连我也不例外。每次有什么事，她都是派我们手下人来做的。"

回到旅馆房间，陶艳艳说："这次好不容易找到这么一条秘密通道，我们不能轻易放弃。大姐说了，这条通道只要安全可靠，我们的货就能大量从云南经西洋江运往广西。"

猎鹰瞟了陶艳艳一眼，心事重重地问："这条通道安全吗？"

陶艳艳点点头："我们已反复试探了几遍，都没有发生意外，应该说是很安全的。"

猎鹰想起什么似的说："艳艳，你告诉我实话，如果这次谈判成功，你们是要我从张小丽那儿拿货，还是直接从你们手中拿货？"

陶艳艳沉思半晌，说："兵，恕我直言，如果你直接与我们交易，你有多大的承受能力？"

猎鹰："你们有多少货？"

陶艳艳："货你不用担心，只要钱到位，价值一千万元的货我们还是能供应的，关键就看你能否一次要得完。"

猎鹰暗暗吃惊，原来陶艳艳一伙势力庞大，货源充足。他拿不定主意，只好敷衍地说："这事容我回香港请示老板，然后才能决定。"

陶艳艳："好吧，等我办完事，我们回江城。然后，你乘飞机回香港请示你老板，我等着你的好消息。"

九

在云南某边陲小镇停留了一段时日，猎鹰掌握了贩毒集团的一些基本情况后，与陶艳艳匆匆回到江城。紧接着，猎鹰在陶艳艳的精心安排下，买好了飞往香港的机票。

与此同时，陶艳艳去见张小丽，告诉张小丽这次与大姐的谈判经过。她按大姐的意思，问张小丽能吃下多少货。

张小丽问："大姐手头有多少？"

陶艳艳答："大姐说，这回要么不出手，要么就来一次大一点儿的，如果我们有能力，她保证供给我们价值一千万元的货。"

张小丽摇摇头："我要不了这么多，只能承受两百万。"

停了一会儿，她问："李先生有什么想法？"

陶艳艳："他说回香港问老板后再做决定。"

张小丽想了想，对陶艳艳说："这位李先生很神秘，你得多费心思，多接近他。"

陶艳艳："虽然李先生很神秘，但通过了大姐的考验，说明他是道上的人，我们和他打交道，应该没有什么危险。现在最主要的，是等他回香港请示老板回来后，看有什么反应。"

张小丽点了点头。

这天，张小丽亲自开车送猎鹰到机场。握手告别时，张小丽真诚地对猎鹰说："先生，祝你一路顺风。"

猎鹰："谢谢！"

张小丽："我盼你早日归来，给我一个满意答复，然后我们一起做成这笔买卖。也许你不知道，大姐每次交易，都是将货一次性脱手，否则，她宁可不做。"

猎鹰："张小姐，你放心，我的老板对这批货很感兴趣，你等着我好消息吧。"

张小丽凝视着猎鹰的背影渐渐远去，想到那天猎鹰救她时，不顾一切扑在她身上……她突然心血来潮。当猎鹰消失在入口处的时候，她觉得心里空荡荡的，好像失落了什么，眼眶莫名其妙地湿润起来。

猎鹰上了客机，飞到香港后，确认四周无人跟踪，他才找到上级事先为他安排好的那位联络人，拿到机票，转乘另一辆客机飞回去，与郑局长秘密会面，把江城之行所发生的一切详详细细作了汇报。

郑局长听完猎鹰汇报，既高兴又忧虑。他高兴的是贩毒集团开始露出水面；忧虑的是在缺少办案资金的情况下，一时半刻弄不到这么多钱。要知道，毒贩见不到钱是不会轻易就犯的，如果不能人赃俱获，善于狡辩的贩毒分子会顽抗到底。

　　知道这是一桩很大的毒品走私，郑局长非常重视，他马不停蹄赶往省公安厅，请示省厅领导。省厅领导开会讨论后决定，让郑局长无论如何都要弄到这笔用来引蛇出洞的钱，哪怕和银行贷款，支付利息也要将这笔钱搞到手，等到把贩毒集团一网打尽后，再把钱还回去。

　　郑局长得令后匆匆返回局里，将省厅的指示汇报给政法委陆书记和几位局领导。大家一致认为值得冒风险。因此，陆书记与郑局长向银行作了担保，几经周折，好不容易才借到八百万元。

　　接下来，小心谨慎的郑局长亲自出马，化妆成猎鹰的老板，携带巨款，与猎鹰风风火火赶赴机场，乘客机飞到香港，给张小丽打了个电话，然后又乘客机飞往江城。

　　就在他们抵达江城机场的时候，广西警方接到云南警方传真，说他们收到外线侦察员密报，近日将有一宗很大的毒品通过云南与广西交界的西洋江通道进行交易，希望广西警方秘切配合这次缉毒行动。

　　广西警方收到云南警方的传真后，立即派员赶往云南了解具体情况，结果得知这起毒品走私与猎鹰跟踪的属同一个案子。于是，在云南警方的密切配合下，广西公安厅迅速联络江城警方，制订了一个将毒枭一网打尽的"猎鹰行动"计划。

　　话说这天，猎鹰和郑局长刚下飞机，张小丽便笑盈盈地迎了上去，与猎鹰和郑局长热情握手。接着，他们一起上了两辆张小丽的轿车，朝着月光大酒店快速驶去……

　　当晚，为了给猎鹰和化名为陈老板的郑局长接风洗尘，张小丽特意在月光大酒店举行隆重的宴请仪式。席间，坐在猎鹰旁边的张小丽显得很兴奋，对猎鹰已渐生爱意的她不时向猎鹰暗送秋波。

　　张小丽的一举一动，逃不过陶艳艳的眼睛。坐在对面陪郑局长的陶艳艳表面平静，心里却像打翻了醋瓶子，一股无名之火在她心中熊熊燃烧，恨不得一刀将张小丽杀死！

　　但为了顾全大局，老谋深算的陶艳艳聪明得很，她对张小丽的吃醋瞬间即逝。善于察言观色的陶艳艳不愧为人面桃花，在她那张嘴皮子功夫不断"敲打"下，双方的交流很快就进入了正题。

　　很有老板风度的郑局长话不多，当张小丽打开天窗说亮话，问他需要多少货时，他大言不惭地说："只要质量好，有多少要多少。只是我听李兵说，那位大姐神出鬼没，至今都没有露面，我有点担心……"

　　张小丽："陈老板放心，大姐虽然不露面，但她的货源绝对充足，质量也绝对上乘。否则，我也不会跟她打交道这么久。"

　　郑局长若有所思地点点头："这样就好。"

　　张小丽坦然地说："陈老板，实不相瞒，这次大姐手头有价值一千万元的货，我打算要两成，不知陈老板你意下如何？"

　　郑局长不屑一顾地说："假如真像张老板说的那样是好货色，剩下的八成我全要了。"

　　张小丽高兴不已，这样一来，她从大姐手里买来的毒品转手卖给下家赚了一笔，而大姐因她的牵线与这位"陈老板"交易成功后，又会奖励她一笔，真是一举两得！

　　其实，要说最高兴的还是陶艳艳，倘若这次交易成功，她会多一条发财路子。照这情形来看，"陈老板"资金雄厚，肯定是个独霸一方的大毒枭，如果双方这次交易顺利，以后她会另辟一条地下贩毒通道，直接将货卖给"陈老板"，免得让张小丽从中吃掉那笔数目不小的中介费。

就在张小丽和陶艳艳的心里各自打着自己的小算盘时，郑局长突然问："张老板，恕我直言，我们什么时候才能见到货？"

张小丽赔着笑脸，讨好地说："陈老板放心，只要你准备好钱，我会和大姐联系，尽快做成这笔买卖。"

郑局长："钱不成问题，区区几百万元，我身边随时都有。关键是第一次交易，我不想夜长梦多。"接着，郑局长意味深长地看了猎鹰一眼。

猎鹰会意，立即将随身携带的密码箱打开。顿时，一整箱崭新的钞票展现在大家面前。

张小丽和陶艳艳盯着那只箱子，终于眉开眼笑，暗中舒了口气。只有坐在郑局长另一边的欧阳红不屑地扫了密码箱一眼，而后将她那双犹如两把利剑的目光移到猎鹰脸上，心不由想：这家伙竟然如此胆大，身边带着这么多钱，也不怕被人抢劫，他到底是个什么样的人呢？

十

经过几天接触，张小丽觉得"陈老板"雷厉风行，办事干净利落，真不愧是黑社会大佬。于是，张小丽与远在云南的大姐取得联系，确定了具体交易时间和地点。

就在张小丽把交易时间和地点告诉给猎鹰和郑局长时，她又接到大姐电话，说是确保安全，欲将猎鹰和郑局长两人中其中一人带到云南境内关押起来，直到交易顺利完成才放人，若是不同意，这次交易只能取消。

这临时变故，猎鹰和郑局长始料不及，进一步觉得那位外号大姐的毒枭老谋深算，狡猾过人。为了将贩毒集团一网打尽，猎鹰与郑局长互相争着去当人质。最后，郑局长争不过猎鹰，只好让步。再说，携带巨款的郑局长担子也不轻，稍有闪失，便会带来生命危险和巨款流失。

这天，猎鹰被大姐派来的人带到云南某边陲小镇，秘密软禁在一间地下室后，大姐终于放下心来，准备把毒品经西洋江运往广西境内，与张小丽和郑局长进行交易。

次日，神秘莫测的西洋江上空，那只痊愈的鹰威武壮实地振动着翅膀，忽高忽低盘旋好几圈后，才对着它发现的目标准确无误地飞速射下。

正好在鹰紧紧抓住目标的时候，大姐的人已经悄悄来到西洋江边，把一批数量惊人的毒品装上那条停泊在深草丛中的客船，然后启动马达，朝对岸的广西境内驶去。

此时大雨将至，天空乌云密布，世界变得一片灰暗。西洋江两岸，荷枪实弹隐蔽在暗处的云广警察见目标入网，正式开始了"猎鹰行动"。

先说云南境内，代表大姐送"货"的朱老二因事先得到大姐指令，他把"货"送到江边后，再也不愿过江进入广西境内，而是静静地躲在江边有手机信号的地方观察，若有风吹草动，他好立即打电话通知大姐。

朱老二目睹那艘客船进入暗河，安全把"货"载入那鲜为人知的山洞后，他那张星罗棋布的麻子老脸露出了欣慰和得意的笑容。

朱老二以为大功即将告成，于是掏出手机准备给大姐汇报情况，这时云南警察快速出动，以迅雷不及掩耳之势打得他措手不及，不费吹灰之力就像鹰抓鼠似的把他擒获了。

至于大姐另外的手下，刚把船驶入暗河，暗河出口处即被奉命行动的广西警察锁死，打算给他们来个瓮中捉鳖。

中午时分，电闪雷鸣，大姐手下的贩毒分子把"货"带到洞里空旷之处，忐忑不安地等待事先联系好的广西"客人"到来，而广西客人不是别人，正是郑局长和张小丽一伙。

值得一提的是，这次交易，比狐狸还狡猾的张小丽没有亲自出马，而是派她最信任的保镖兼助手欧阳红代劳，并一路留下联络人员，假若出事，她会很快收到联络人员发出的信号。

然而，张小丽的这一举动逃不过警方视线，郑局长与欧阳红一伙赶往原始森林的路途中，已将此事秘密通知了江城警方。江城警方迅速布控，就算张小丽和她身边的保镖陶艳艳有天大的本领，也插翅难逃！

话说回来，郑局长随欧阳红一伙来到那座高高的悬崖下时，发现有一架用绳索编织的软梯早已等在那里。郑局长提着密码箱，紧跟着欧阳红扶着软梯，摇摇晃晃地上至半悬崖的石洞口，转眼消失。

在洞里走了大约 1 小时，隐隐听见前方传来杂乱的脚步声，欧阳红示意手下把探照灯关掉。直到脚步迫近，对上暗号，才叫手下重新把灯打开。

在双方的几盏探照灯光强烈照射下，郑局长终于看清了对方的面孔，其中领头的是个仪表堂堂，气度不凡的中年男人。中年男人目不斜视，文质彬彬。他与欧阳红一阵耳语后，吩咐身边一位奇丑无比的怪人从随身带来的箱子里拿出一包海洛因，毕恭毕敬地交给郑局长。

郑局长把那包东西小心翼翼打开，用手捏了捏，又闻了闻，满意地点点头。

中年男人向欧阳红和郑局长提出要求，一手交钱一手交货。

就在这时，洞口方向又传来极轻微的脚步声。大伙察觉后，紧张得心提到嗓子眼上来了。中年男人突然拔出枪来，顶在郑局长的脑门上："你敢耍老子？"

郑局长还未来得及回答，闪电手欧阳红迅速飘到中年男人身后，变戏法似的将一支硬邦邦的家伙顶在中年男人脑门上，直把中年男人吓得面无血色，双腿发软。

望着众人拔出枪来剑拔弩张的样子，欧阳红一声怒吼："都别动，否则我把他打死！"

这一声吼使得众人面面相觑，不知所以，就连郑局长也不知道是怎么回事。此时，只见欧阳红正气浩然地说："你们被包围了，还是乖乖地缴枪投降吧，否则只有死路一条！"

原来，欧阳红也是警察，是云南警方秘密派到西洋江畔侦查地下贩毒通道的侦查员。她接近张小丽，并取得张小丽的信任，目的是为了一举歼灭云南毒枭外号"大姐"组成的贩毒集团，将这条地下贩毒通道彻底粉碎。

欧阳红的话几乎吓傻了在场所有的人。尽管如此，还是有人很快就反应过来，那位长得奇丑无比的怪人一个流星跨步，欲向欧阳红开枪，谁知有人比他提前了半秒，只见"嘭"的一声，一颗子弹射进他的大脑，直打得他脑袋开花，鲜血四溅，"扑通"一声倒在地上。紧接着，一群威武的警察神奇地出现在毒贩们面前，以最快最准的速度缴了他们手中的枪。

再返回来说说张小丽。当她从她的联络员处获知这次交易出事后，吓得花容失色，急忙打开保险柜，把里面的钱装进皮箱里，打算外逃。令她想不到的是，陶艳艳这时走进她的卧室，拔出装有消声器的枪，指着她说："想跑？没那么容易！"

张小丽吃惊地瞪大双眼："艳艳，你什么意思？"

陶艳艳："什么意思？杀你灭口，以免你被警方抓住后坏了我的大事。"

张小丽警惕地问："你究竟是什么人？"

陶艳艳："你很想知道是吧？那好，看在我们姐妹一场的份上，我让你死个明白。其实，我就是你做梦也想不到的大姐！"

张小丽："怎么会呢？我每次跟大姐联络，你不是都在我身边吗？"

陶艳艳冷笑着说："这就是我的过人之处。其实，与你联络的那位'大姐'，只不过是我的替身。"

张小丽这才明白，大姐竟然是潜伏在她身边的这位陶艳艳！

张小丽像一只泄了气的皮球，顿时瘫倒在地。

陶艳艳扣动扳机，张小丽被一串子弹射入脑门，当场丧命！紧接着，潜伏在张小丽家四周的江城特警迅速破门而入，将致死顽抗的人面桃花陶艳艳击毙。

与此同时，被软禁在云南某边陲小镇的猎鹰，在云南警方的协助下，安全脱离危险。至此，这条被贩毒分子挖空心思修建起来的地下贩毒通道，刚"开张经营"，就被云、广警察彻底粉碎，毒贩们也全部被警方人赃俱获，收入法网。

大功告成，猎鹰离开云南返回广西，欧阳红送他到火车站。两人在站台上握手话别时，猎鹰说："当初只怪我眼拙，未想到欧阳小姐是欧阳警官，惭愧，惭愧。"

欧阳红浅笑着说："我何尝不也一样？"

猎鹰耸耸肩："我真后悔，当初怎么没想到追你。"

欧阳红玩笑道："当初要是你敢非礼我，我会赏给你这位'大色狼'一颗子弹。"

猎鹰："现在呢？现在我可以追你吗？"

欧阳红害羞地说："等我们有机会合作的时候，再谈这个问题吧。"

猎鹰上车。车子启动时，欧阳红依依不舍地挥着手，突然一边小跑着一边大声说："想追我，回广西后就给我写信。"

猎鹰望着窗口外向他招手的欧阳红身影变得越来越小，眼眶不由潮湿起来，他想：如果能与欧阳红这么好的女孩子终身为伴，将是一件很幸福很快乐的事。他知道，这次回省厅，领导不可能再让他去卧底，而是让他升任某个部门负责人。想到自己至今仍是个光杆司令，猎鹰在心里默默祈祷：欧阳警官，但愿你说的是真话。不管怎样，我回广西后，一定给你写九封情书，打九十九个求爱电话，寄上九百九十九朵玫瑰……

考　验

　　每逢周末，明都要去鹅城看望女友娇。但这个周末的夜晚，明没有去，他在电话里告诉我，说是忽然想喝酒了。平时明是滴酒不沾的，我想，肯定是出了什么事吧。因此，我答应陪他喝上一夜。

　　地点在"新新潮"酒吧。见着明时，他显得很疲乏的样子。我问他到底怎么了，他端起一杯啤酒，一口气喝了个底朝天，接下来说了这样的故事——

　　周末，明去鹅城看望女友娇。娇还未下班，她打电话给明，要明先去菜市场买一只正宗的七彩野鸡，说是晚上炖汤喝，给明瘦小的身子补一补。面对娇无微不至的关心体贴，明内心充满着感激。

　　走进女朋友指定的菜市场鸡行，明始终没有发现一只野鸡。这时，一位亭亭玉立的姑娘在明身边悄悄开口："老板，看样子你是来买野鸡的，我猜得对不？"明说："是呀，是呀，请问哪里有卖？"姑娘甜甜地笑着，轻声说："这种味美汤鲜的正宗野鸡，一般不上市，你真想要就跟我走吧。"

　　明认为自己遇上了卖野生动物的贩子，但为了完成女朋友交给的"光荣"任务，明只好随着姑娘挤出人群，拐进一条偏僻的小巷。走进一幢住宅楼，上至三层，姑娘掏出钥匙打开一扇房门，笑盈盈地把明请进屋里。明进屋一看，一下子呆了。这哪是卖野鸡的地方，整个房间装修得富丽堂皇，灿烂如锦，四周一片淡淡的清香。

姑娘关上房门，指了指客厅的真皮沙发，说："你请坐，天太热了，我去卧室换件衣服就来。"说完，她在明眼前一晃就不见了。

明坐在沙发上，心里有种莫名的不安。正欲起身，姑娘已笑容灿烂地从里屋出来了。她换了一件薄薄的紧身衣裙，把修长的身段箍匝得轮廓分明。人本来就是最完美的艺术，尤其是青春少女。就像她这么个十足的美人胚子，往眼前一站，顿时使人眼花缭乱，如在梦中。她妩媚一笑，问明想喝点什么。

明说："谢了，我是来买野鸡的。"

她走近明，眼光巧妙地闪着。明避开它，急忙催她快点带去看野鸡。她扭动着腰肢，俯下身吐气如兰地说："你不是正在看吗？开个价吧。"

明一听，马上警觉起来，瞪眼问她是干什么的。她吃惊地反问："你真不知道，还是假装糊涂？来这种地方，除了男欢女爱，还能有什么呢？"

经她这么一说，明全明白了，原来她是……

明骂她下流无耻！然而，明的发火并没有使她生气，反而笑弯了腰。笑了一会儿，她才摆摆手说："你不玩就算了，干吗骂得这样难听。"

明心里想："我还想揍你呢！"

见明一副凶巴巴的样子，姑娘忽然涨红着脸说："其实，我……"

　　明站起身，不容她解释，立即愤愤不平地离开她的房间，一口气跑下三楼……

　　傍晚，买不到野鸡的明沮丧地回到女朋友娇的住处。见着下班回来的娇，明正打算把刚才的遭遇告诉她，可他还未开口，娇已经抱着他激动地说："亲爱的，你经受住了爱情的最大考验。我决定，今晚就做你美丽的新娘。"

　　听了这话，明惊诧极了，好一会儿才回过神来。明推开娇，心里忽然有种被玩弄的感受。

　　想了好久，明终于静下心来淡淡地对娇说："你请闺密来考验我，说明我们彼此还没有真正了解对方！"

　　当晚，明赶上最后一趟回家的班车，悄然离开了鹅城……

　　后来，也就是这个周末，明没有去鹅城看娇，而是请我到"新新潮"酒吧陪他喝酒。

苦恼的男人

　　杨和林是大学同学，毕业后一个留在本市，一个去了北方。

　　杨在本市事业单位如鱼得水，事业有成，很快就混了个正科级。林在北方独树一帜，自己开公司，生意做得红红火火。

　　后来，他们开始了书信来往。对他们而言，这种书信方式远比现代化的通讯工具更容易怀旧，品位十足。

　　杨在给林的第一封信中写道：南方的都市一天一个样，高楼大厦层出不穷，拔地而起，直指云霄……我好坏是个长字号人物，每天负责接待各路神仙，出入场所尽是山珍海味，名烟贵酒，好不逍遥。晚上，彩灯闪烁，我轻歌曼舞；葡萄美酒夜光杯，深夜抱得美人归……

　　林在给杨的第一封信中写道：亭亭柏桦，悠悠碧空，北国之春天清新宜人，到处呈现出一派生机勃勃的繁荣景象……我大小是个公司老总，每天日理万机：批文、开会、考察，忙得不亦乐乎！尽管如此，有时付出多，收获少，好不烦恼。真想像你一样，找个美人抱一抱，无奈我与漂亮女人无缘。实话告诉你吧，我现在名车、别墅不缺，唯一缺少的，就是那令人日思夜想的美人啊……

　　通过几次书信交流，杨似乎看到了北方的茫茫雪野，林似乎闻到了南国的鸟语花香。

杨觉得林虽然事业心强，但对女人却太古板太正统，有着过高的要求。于是，杨在信中发表了自己的经验之谈：我说林呀，都什么年代了，还高不成低不就的？再说，时下男人不坏，女人不爱。只要你放下老总架子，敢于开拓，想找美人还不是手到擒来之事……

林拜读了杨写的信，检点自己，觉得杨说的不无道理。接下来，林忙里偷闲，怀揣花花绿绿的钞票，歌厅、酒吧满世界乱跑，结果收获甚丰，终于尝到了女人的味道。林写信给杨说：北方真是人杰地灵，一杯美酒，交个朋友。这里的女人最美，酒最醇，情最浓！我现在身边美女如云，幸福得令人喜出望外……

然而，杨看了林的来信，苦笑着摇摇头。他在回函中写道：时光流逝，岁月如歌。我忽然觉得，男人如果没有女人或有太多的女人，都是特别要命的事。就说我吧，因为沉迷酒色而腐化堕落，事业平平。当初，我为了整天应付女人，电话都响爆了。有的女人因我而争风吃醋，她们兵刃相向，大动干戈，结果把纪委和报社记者都招来了。我现在很苦恼，只能在监狱里给你写信了……

狗　缘

　　科长的位置刚刚空缺，已经有小道消息传来，说是要在科员里选拔一位能人上去顶替科长的位置。正因如此，科员们互相排挤对方的同时，暗中活动开了。只有辛辛苦苦工作了二十年的老汤，对此事不屑一顾，他知道自己才疏学浅，相貌平平，对升官发财根本不抱任何希望。闲来无事，老汤想到了养狗。

　　记得老汤养第一条狗黄黄时，颇费了一番心思，因此他与黄黄建立了深厚的感情。在老汤的精心调教下，渐渐长大的黄黄龙腾虎跃，练就了一身过硬的本领。更绝的是，喜欢喝酒的老汤已经不用自己亲自上街买酒了，只要他把钱和所需买的酒写在纸条上放进提篮里，黄黄便会用嘴叼着提篮到老汤指定的地点把酒买回来。这事一经传开，有人就想用高价买走黄黄，只是老汤死活不卖。

　　后来，这事传到他单位的局长耳里，一天，局长找老汤谈话，局长问："听说你养了一条能帮人上街买酒的狗?"老汤点点头。局长沉默，一会儿才叹气着说："我老爹也爱喝酒，可他在乡下，七老八十的，上街买酒很不方便。"老汤又点点头。

　　根据以往的谈话经验，老汤知道局长的言下之意，但老汤又不好开口拒绝。难得领导求自己一次，老汤思虑再三，只好拱手相让，流着泪把黄黄送给局长。想不到事隔不久，老汤便莫名其妙地升了科长，坐上了那把令其他科员梦寐以求的科长交椅。

后来，当了科长的老汤尽管工作认真事业有成，也因失去心爱的黄黄而日渐寡欢。为了表示对黄黄的深切思念，无奈之下，老汤又买了花花，以弥补失狗之痛。

起初，老汤对花花没有多少好感，直到两年之后，老汤才发觉花花不仅长得美丽可爱，还善解人意，骄气十足，这使老汤喜出望外，终于对之刮目相看。

那是一个月明星稀的夜晚，老汤从外面喝酒回来，刚走进客厅就吐得一塌糊涂，弄脏了客厅地板。老汤心想这下糟了，没准又招来妻子一顿国骂。

未曾想到，平时爱清洁的花花此时却摇着尾巴，不声不响地伸出舌头把地板上的呕吐之物一点点舔食干净。次日起来，老汤望着狗事不省的花花因为他也醉倒在客厅里，感动不已，直夸花花不愧是主人的忠实奴仆。从此以后，老汤把花花当成了自己的心肝宝贝。

老汤的脸上又开始有了笑容。他逢人就夸，说他的爱犬花花如何如何好，又如何如何机灵。谁知说者无意，听者有心，这事让胡县长知道后，胡县长主动打电话找老汤。胡县长话不多，他说自己正在帮亲戚物色一条舔屎的狗狗，他听说老汤正好有这样一条，于是认为老汤养的花花是最佳之选。

老汤听了，半天放不下手里的话筒，心想自己何德何能，胡县长亲口说要的东西，总不能不给吧。接着，老汤病了一场，待病痊愈后，他恋恋不舍地亲自把花花送到胡县长府上。万万没有想到，不久局里搞人事调整，老汤又不明不白地登上了副局长的宝座。

　　自从糊里糊涂地当上副局长后，老汤的心情变得无比沉重，他总是惶恐不安，生怕别人在背后指指点点。对老汤而言，为官者清正廉洁他比谁都看得透切，只是他在即将升官时送了领导一条狗，假如别人顺着这方面去看他，把他的升官与狗联想起来，岂不成了狗官？果真如此，老汤真是跳进黄河也洗不清了。

　　本来，老汤打算还买一条狗来养的，可他一想到自己升官似乎与狗有缘，特怕别人骂他是狗仗人势，最终还是断了继续养狗的念头。

　　其实，最让老汤搞不清楚的是，单位里人才济济，能人多的是，而自己不过是等闲之辈，为何还被委于重任，连升两级？老汤苦笑着摇摇头，只好自慰道：也许这就是一门学问吧！

诚　信

　　为富民兴县，小县决定引进外资，大搞合作项目。

　　起初，派出去的人先后引来几位外商。县里四家班子轮流陪同实地考察，好话说了一大堆，美酒佳肴吃喝了不少。然而，不知怎么回事，这几位外商吃饱喝足后拍拍屁股，走了！县里的个别领导觉得外商嫌小县贫穷落后，才不愿花钱投资合作。

　　黄县长看法不一样，他总结经验，觉得问题出在自己人身上。虽然那几位外商财大气粗确实有些看不起人，但是有些领导陪同考察时夸夸其谈，言过其实毕竟会令人误认为缺少诚信。特别是花天酒地的宴请，在外商眼里造成了不良影响。既然是贫困县，还大搞吃喝风，显得不切实际。

　　于是，在解放思想再讨论活动中，黄县长把这些问题的关键提出来。在党委会上，几经讨论，最后由他牵头通过了有关于与外商合作项目简化行政审批手续，同时取消不合理收费项目等等一系列方案。

　　不久，某外企获此消息，老总专程到小县考察。黄县长特高兴，他决定亲自出马。

　　一天下午，黄县长正忙着开书记、乡长会议，外企老总却打电话约他晚上 8 点在其下榻的宾馆会面。黄县长想想还有几个小时时间，就爽快地答应下来。可开完会后，已是 19 时 45 分，黄县长顾不上吃晚饭，急忙要司机小王把车开到县政府门口，一头钻了进去。

倒霉的是，车刚驶入环城路口，就遇到堵塞。黄县长暗中叫苦不迭，急得只好下车寻找空隙步行，好不容易走出那条堵车的长龙。

来到外企老总下榻的宾馆，黄县长已经累得腰酸腿痛，满头大汗。他来不及多想，气喘吁吁地按响了客人住房的门铃。

外企老总将上气不接下气的黄县长请进客房后，黄县长急忙向他解释迟到的原因。老总抬腕看了看表，刚好晚上 8 点，当即夸赞："守时是一种信用，县长在堵车的情况下还赶得过来，可见一斑。"说罢，他对黄县长不由生出由衷敬意。

一次考察回来，黄县长将外企老总请到家里，吃一些地方上的特色菜，比如香菇、木耳、鲜笋之类，趁机向老总介绍它们的名称和营养价值。老总一边品尝一边不停地点头，对黄县长进一步有了好感。

由于黄县长的陪同考察工作做到实处，当老总就某些问题向他请教时，他总是不厌其烦地把问题分析到一些具体细节上，还把双方合作项目的利益做了更详细的解释，从而解除了老总出资合作后不放心的地方。特别令老总感动的，是黄县长从百忙中抽出宝贵时间，一趟趟地陪同他下乡进行实地考察，而且还为这次合作的意向一次次去拜访那些有权威的专家、学者，对这个意向的可行性和可靠性进行反复论证。

然而，一个月考察下来，外企老总装作听而不闻，仍然一有空就缠着黄县长跑上跑下。终于有一天，黄县长因劳累过度，病倒在从乡下回城的车上，给了外企老总的心灵不小震颤。

　　在医院里，外企老总望着躺在病床上的黄县长，他那额头上过早地爬满了皱纹，老总禁不住鼻子酸溜溜地握着黄县长的手说："县长，好官啊！你的不辞劳苦和至诚至信赢得了我的信誉。放心吧，等你病好后，我们举行合作项目的签字仪式。"

　　听了这话，黄县长慈祥的面庞露出了欣慰的笑容……

　　后来，由于黄县长的诚信打动了这位外企老总，终于使这个投入雄厚资金的合作项目获得圆满成功！

赌　祸

一

中秋节即将来临，我不知道今年的中秋节将怎样度过。我恨不能回到从前，美滋滋地吃着我妈亲手做的月饼，开开心心的和我弟弟在花前月下嬉戏。我有着这样的想法，是因为我妈和我弟弟已经离开人世了，我只能看着一张全家福照片，泪流满面地给你们讲述一个关于赌祸的故事——

20世纪80年代中期，我爸属于智商高的那一类人，他凭着自己的真知灼见，在我们的县城中心开了一家旅馆，生意做得红红火火，成了人人羡慕的小老板。

我爸有了钱后，开始着手他的爱情。我爸一直暗恋我妈，我妈从小学到初中都是我爸的同学，我爸中考落榜时，我妈考上了田东师范学校，毕业后分配在我们县城的一所小学教书。

我妈的脸蛋白白嫩嫩的，眼眉细细长长的，右边嘴角长着一颗好看的美人痣。我妈见我爸其貌不扬，但有上进心，欣然同意和我爸结婚，1988年步入了神圣的婚姻殿堂。婚后，我爸从银行取出一笔钱，为我外公外婆翻修房子，还添了家具，这让我妈感到十分欣慰，认为嫁给我爸这样的有钱人体面。

　　在当年，能够成为有钱人是了不得的。虽然我爸个子矮小，黑头黑脸的怎么看都不像是个有钱人，但他确实是个有钱人，说话的口气硬朗得让你突然间就对他刮目相看。

　　1988 年 7 月中旬，我爸听说有人在县城暗中开设地下赌场，庄家连续几天手气很背，参赌的散户几乎都能赢钱。我爸觉得奇怪，禁不住前去看个究竟。负责守门的人见我爸个子矮小，穿得不伦不类，以为他是穷光蛋，连吼带骂的拦住不让进去。

　　我爸火了："你们是哪里来的小毛猴，不认识老子吗？真是狗眼看人低！"说着从身上掏出几张人民币甩在对方脸上，吓得对方目瞪口呆，很快又回过神来，点头哈腰的敬烟给我爸。

　　进入赌场后，我爸见别人赢钱赢得太容易，顿时心痒难控。我爸发现他和我妈的初中同学李笑开在赌桌上赢了近千元钱，更加心血来潮，索性将他身上的钱全部掏出来下注，美美的赢了一回。

　　我爸不知道庄家在故意放水，让他尝到甜头后落入陷阱。我爸试了几次，每次都是逢赌必赢，不出一个月，我爸就赢了庄家将近 2 万元。钱来得这么快，简直把我爸乐得半死。渐渐的，我爸赌上了瘾。

　　后来，因为这个庄家设局，我们县城发生了一起惨案。有一对年轻夫妇去市里办事，将他们两岁的女儿托付给年近半百的母亲照顾。庄家得知这位老太婆有一笔积蓄，想方设法引她上当。老太婆第一天尝到甜头后，第二天赌瘾发作，情急之下，她把奶瓶和两岁的孙女放在院子一角葡萄架下的空水缸里，滑溜溜的爬不出来，以为这样很安全，然后兴冲冲地去了地下赌场。

　　赌了差不多 1 个小时，老太婆输光全部积蓄哭丧着脸回家，发现一条毒蛇从那口空水缸里爬出来，她脸色大变，急忙跑过去一看，两岁的孙女脸上呈现出青紫色，已经没了呼吸。老太婆吓得昏倒在地，直到她老公从单位回来把她弄醒，她才哭天抹泪地说出了孙女的死因，气得她老公操起一节粗木棍把她打死，然后上吊自杀……

这起惨案曾经在我们县轰动一时，很多人都说，那个老太婆为什么要去赌呢？她老公用这种极端又悲凉的方式结束他们的生命，说明已经绝望到了极点。可我爸却说："那个老太婆没有赌运，还要去给庄家送钱，简直笨到刘姥姥家了。"

我爸的意思很明显，他认为自己有赌运。那个开设地下赌场的庄家被警方绳之以法后，我爸并没有从中吸取教训，仍然像苍蝇一样，哪里有臭肉就往哪里去。庄家为了放长线钓大鱼，故意输一些钱给我爸，让他走火入魔欲罢不能。

我爸用赢来的钱给我妈买了好多时髦的衣服，让我妈袅袅娜娜的在人前人后晃来晃去。我妈起初没有察觉我爸的变化，直到有个深夜，我爸在梦里说着赌大赌小的话，我妈才追问他是不是参与了赌博。我爸大言不惭地说："艳梅，我天生就有赌运，你不用管我。"

我妈想不到我爸会变成赌徒，她多次苦苦相劝，我爸依旧沉迷在赌场中不能自拔。我妈很生气，本来打算和我爸离婚的，偏偏这时她怀上了我。其间，我爸我妈的初中同学李笑开因为迷上赌博，在我们当地闹出了不少笑话。有一天，李笑开输钱输得很惨，索性赌债肉偿地说："大哥，我拿不出钱给你，让我老婆小丽陪你睡一夜吧。"

当晚，李笑开在他老婆小丽的水杯里下了安眠药，等小丽服用睡熟后，李笑开离开家里，让别人狠狠地把他老婆小丽摆弄了一夜。第二天，不知内情的小丽清醒后发现自己被人奸污了，急忙打电话把李笑开叫回来，问他要不要报案。李笑开说："你又没有少一块肉，报什么案？你不怕丢脸我还怕丢脸呢！"

六神无主的小丽想到面子问题，果然没有报案，最后还是奸污她的那个男人在赌桌上得意洋洋地向赌友们说了。赌友们一传十，十传百，把这件由赌博引出的丑闻当成笑柄。我爸听说后，在我妈的再三警告下，好不容易刹住赌瘾，把全部心思放在生意上。1989 年，我妈顺利生下我的同时，我爸在县城开了第二家旅馆。

我爸当时还有多子多福的封建思想，苦苦请求我妈给他生个儿子。我妈说有我这个女儿就够了，我爸坚决不同意，一定要我妈给他生个儿子。我妈经不住我爸的劝说，1991 年生下了我弟弟刘亮。为了这事，我妈只能遗憾地脱离了教师队伍。

按理说，我妈因为超生丢了铁饭碗后，只要我爸安分守己和她一起经营旅馆，前景还是一片辉煌的。要命的是，香港回归那年，我爸不知是哪根神经短路，又染上了赌博，短短一年时间就赌得血本无归，最后连两个规模不错的旅馆都换成了别人的名字。

我妈想不到我爸会背着她把全部的家当赌输给别人，她见我爸已经变得不可救药，很想和我爸离婚，又舍不得我和弟弟刘亮。进入新千年后，因为我爸频频带来的赌祸，我妈饱受折磨的同时，我和弟弟刘亮也受到了极大的牵连。

二

我爸赌得倾家荡产后，并没有意识到事态的严重。为了把失去的赢回来，我爸打肿脸孔装胖子，将自己拾掇得体体面面的，摇身一变成了我们县的地下六合彩庄家，以香港公开合法的六合彩开出的中奖号码为依据，假冒香港赛马会名义，雇人向彩民出售各种"六合彩特码玄机图"，以中特码后投注 1 元奖 40 元的赔率引诱彩民上当，让彩民从 1—49 个数字中选取一个数字押注。

我爸从事这种非法活动的前四个月，很多疯狂着迷的彩民频频上钩，让他狠狠地捞了将近 40 万元。到了第五个月，我爸惹火烧身，被县城一个叫赵昆的老赌棍用 2 万元买中了特码，按照 1 比 40 的赔率，我爸必须给赵昆 80 万元。这么大的一笔钱，我爸根本拿不出来，索性赖账。

2000 年 6 月中旬，赵昆多次向我爸索要 80 万元无果，愤怒之下绑架了我弟弟刘亮，限我爸三天之内一手交钱一手交人，否则他就把我年仅 9 岁的弟弟杀死。关于这事，当时只有我爸知道，我和我妈都蒙在鼓里。

可恨的是，我爸没有报案，他担心自己是地下六合彩庄家，报案后受到法律制裁。除此之外，我爸还有侥幸心理，认为赵昆只是恐吓而已，不会要了我弟弟的命。我爸假装和我妈一样着急，到处寻找我弟弟的下落。

找了一个下午，该找的地方都找了，没有我弟弟的音讯，我妈才去公安局报案。接下来连续几天，我妈发动所有的亲戚朋友一起寻找，大家都很揪心，结果还是一无所获。直到我弟弟失踪的第六天，有个退休干部在距离县城六公里的河边钓鱼，突然发现一具小男孩的尸体，他报案后，警方通知我爸和我妈去辨认，结果认出是我弟弟刘亮，顿时有如晴天霹雳，我妈当场晕死过去，我爸也一下子老了好多。

事情恶化到了这个地步，我爸仍然没有向警方说出赵昆绑架我弟弟的经过。幸好警方过后不久就破案了。审讯赵昆的时候，县公安局主管刑侦的罗副局长亲自出马。赵昆几经反抗，最后还是坦白了。

　　警方根据赵昆的供词，将事情的原委告诉我妈，说我弟弟刘亮被赵昆绑架后，赵昆把我弟弟囚禁在他家地下室里，用胶布封住我弟弟的嘴。赵昆认为他这样做，我爸会及时拿钱换人，谁知我爸若无其事，赵昆暴怒之下，用罪恶的双手掐死了我可怜的弟弟，晚上把尸体运到河边，丧心病狂地扔进河里……

　　安葬我弟弟那天，天空阴沉沉的。我心里很难受，眼泪都哭干了。我妈更加可怜，她一天当中哭着哭着就晕过去好几回。我爸没有哭，但从他极度痛苦的表情里看得出来，他不哭比哭还要难受。

　　为了减轻罪恶，我爸主动投案自首，结果被县法院判处有期徒刑 2 年零 6 个月。其间，我常常在夜里梦见我弟弟，梦见我和他一起上学，一起回家。醒来后，我仍然感觉到他在黑暗中向我微笑。我想痛哭，又担心我的哭声影响到我妈的情绪，只好强忍下来，等到第二天放学后，再偷偷跑到我弟弟的坟前放声大哭。

　　2002 年春季，我进入初一的第二个学期，有一天傍晚，我去郊外的外公外婆家吃饭，路过弟弟刘亮的坟前，我给他烧香烧纸，希望他在另一个世界丰衣足食。那天晚上 8 点多，我准备回家时，外婆送给我一件新衣服，外公叫人用车送我。我想到路途不远，固执己见地一个人步行回家。途中，我发现弟弟刘亮默默地陪伴着我，由于我只顾高兴，没有太多的注意。

　　刘亮一直不说话，就这么在我身边陪着我走，直到我即将路过他的坟前，他才说姐姐我到了，你自己回去好吗？我点了点头，继续往前走。奇怪的是，刘亮和我分手后，我走路总是轻飘飘的，一点也不费力，感觉有人在背后推着我走。

回到家里，我突然想起弟弟已经离开人世一年多了，顿时吓出一身冷汗，急忙去找我妈，把这件事说给她听。我妈愣了愣，流着泪安慰我："刘婧，千万不要胡思乱想，刘亮生前是个乖乖仔，很懂事，他不会来打扰你的，你只是出现了幻觉。"我心有余悸地点了点头。

也许是妈妈的话给我的心理暗示，从这天晚上开始，我再也没有梦见弟弟。我渐渐的长得眉清目秀，学习成绩也越来越好。那个学期的期末考试，我的各科成绩都考得不错，总分排在全年级第一。

放暑假后，我们县城又传出一件因赌博引起的奇闻怪事，跟我们的班主任黄老师有关。黄老师喜欢搓麻将赌点小钱，他爱人在市里面上班，周末才回县城和他团聚。黄老师和他爱人生了一个小男孩，四岁半了，平时都是黄老师带在身边。

听说有一天，黄老师被人叫去搓麻将，他把儿子锁在家里，直到天黑赌钱回来，他才发现儿子独自在门窗紧闭的家里玩耍时，扭开了煤气罐，就这么无声无息地中毒死了。正因为这样，黄老师的爱人在极度痛苦与极度痛恨中和他离婚，导致他的神经出现了问题，书也教不成了，常常将自己脱得一丝不挂的到处乱跑，嘴里不停地念叨着他儿子的名字……

黄老师发疯后，我们的班主任换成了杨老师。这个杨老师已经到了更年期，是个脾气古怪的女人，因为我爸坐牢的缘故，她常常在全班同学面前嘲讽我，给我留下了挥之不去的阴影。

有一次考试，杨老师一直站在我旁边，我紧张得汗流沾衣，时不时地写错一个字。偏偏这时，我的橡皮擦发硬了，擦错字时怎么擦也擦不掉。杨老师开始嘲讽我，说我爸那样有本事，为什么不给我买好点的橡皮擦。我感到羞愧极了。

　　还有一次，杨老师当着全班同学的面问我，她说你爸从劳改场回来没有，回来后还会不会做六合彩庄家。我一时答不上来，眼泪都流出来了。由于类似的事情还有很多很多，加上我们班的女生见我长得比她们好看，学习成绩又好，她们趁着杨老师嘲讽我时，一个个地翻着白眼抱怨，说我和她们在同一个班，是她们的耻辱……

　　后来，我妈知道我承受了很多委屈，想办法帮我转学，从县城转到了百色市的一所初中。接下来不久，我爸刑满释放出来，在我妈苦口婆心劝说下，他打算重新做人，用政府征用我家菜地的钱开了一个小超市。这以后，无论是我读高中那几年还是我读大学那几年，我爸一直没有参与赌博，给人的印象越来越好。

　　遗憾的是，我读大三那年，我爷爷病逝了。听我妈说，我爷爷见我爸有了长进，走的时候很安详，他是躺在我奶奶怀里微笑着走的，临走时，阳光暖暖的洒在院子里，我爷爷说他听到了花开的声音。

三

　　我原以为我爸这一辈子不再赌了，谁知2011年我大学毕业回到县城时，我爸被他以前的赌友花言巧语的骗去餐馆喝酒，席间，他们趁着我爸上洗手间的机会，在我爸的酒杯里下迷药。我爸饮用后失去常态，被他们骗去银行取了50万元存款，然后又骗我爸和他们赌钱，直到我爸输光为止。

　　我爸输钱后急红眼了，他想赢回赌本，竟然瞒着我妈把辛辛苦苦挣到的钱全部从银行取出来，结果越赌越输，越输越赌，就这样深深地陷了进去。短短的两个月时间，我爸将所有的积蓄赌光后，以法定代表人的身份把超市转让给了别人，害得我和我妈差点为他跳楼自杀。

事情到了这个地步，我爸仍然天天去赌，最后赌得家徒四壁，终于打起了我的主意。我大学毕业回到县城，被一家公司老总看中，聘用我做他的秘书。由于我工作出色，每个月发工资时，老总都会奖励我一个红包。这天发工资，老总又奖励我一个3000元的红包，我计划把这些钱交给我妈，谁知我回到家里，来不及把钱交给我妈，我爸就趁着我下厨房的机会，从我的坤包里把钱全部掏空，一声不响地拿去赌了。

我爸这种不光彩的行为被我察觉后，我怕我妈吵着跟他离婚，只好替他隐瞒下来，在我妈面前一字不提，私下却耐心做我爸的思想工作，请求他戒掉赌瘾，趁着还有力气做点小本生意，这样日子会慢慢好起来的。我爸信誓旦旦地答应了我，让我帮他借了几万块钱，结果他又拿去赌输了，气得我瞒着我妈流了一夜的眼泪。

我爸已经到了人神共愤的地步，他没有赌本就去找亲戚朋友借，借来借去竟然借到了偏远的乡下，只要是有点沾亲带故的，都被我爸连哄带骗的拿到了钱。渐渐地，有债主找上门来，我妈得知我爸欠了人家好多钱，气得吐了好几回血，要不是她想到我奶奶没有人照顾，早就搬回去和我外公外婆一起生活了。

2011年腊月，即将过大年了，债主络绎不绝地登门逼我们还钱，我爸却躲起来了。每天我去公司上班，几乎都被债主堵在门口。我从男朋友文靖那里借钱还给他们后，忍不住流着泪说："求你们不要借钱给我爸了。以后你们再借给他，我绝不会替他还的。"他们都说不借了不借了。

过完春节，我爸借不到钱，只好一把鼻涕一把眼泪的在我面前说要痛改前非，希望我能做通我妈的思想工作，拿房产证去抵押贷款，他打算在县城开一个餐馆，死心塌地的经营生意。

我信以为真，想办法说服我妈，让她拿房产证去银行贷了30万元。我妈不放心，亲自和我爸一起在县城的黄金地段租下一幢新建的空楼房，花8万元交了一年的房租。我妈见我爸在选择地址和谈租金时头脑灵活，显得很卖力气，以为我爸已经改邪归正，终于放心地把剩下的钱交给我爸，让他利用这笔贷款请人装修门面和购买餐具。

然而，我爸拿到我妈给的农行卡后，突然异想天开，希望剩下的22万元贷款能在赌桌上使他赢回几百万甚至上千万元，结果他把这笔贷款拿去赌输了。他垂头丧气地把这件事说给我听，我顿觉天旋地转，悲痛欲绝。

当晚，我心里憋得慌，忍不住去夜市喝得酩酊大醉，凌晨回家时跌得鼻青脸肿。我依稀记得，我在大街上摇摇晃晃，一会儿呕吐一会儿又站起来，后面的车辆使劲按喇叭都不懂得让开。

后来不知是谁给我男朋友文靖打了电话，他迅速赶来，见我醉得连滚带爬，只好半拖半抱着我，好不容易把我扶上车，问我为什么要狂喝滥饮。我伸出双手在半空中乱挥乱舞，嘴里嘟嘟囔囔的不知道在说些什么，眼泪哗哗直淌。

文靖开车把我送回家后，我妈问他是怎么回事，他摇了摇头。这时我爸在客厅里用一双哀求的目光望着我，希望我替他保密，不让我妈知道他赌输那笔贷款的事。醉眼蒙眬中，我禁不住对我爸说："爸，家里只有那台电视和冰箱值钱了，明天你把它们拿去卖给收废旧的算了。"我爸急忙低下脑袋。

第二天傍晚，我下班回家，我爸悄悄告诉我，说他已经借到了22万元，可以继续装修餐馆的门面了。我大吃一惊，问他是怎么借到这笔钱的。他犹豫了好久才说："我借了高利贷。刘婧，你放心，等餐馆开张赚到钱后，我会瞒着你妈尽快把钱还给人家的。"

我愣立当场！与此同时，我听到"扑通"一声从身后传来。我本能地转身去看，发现我妈听到我爸的话后晕倒了。我和我爸都吓了一跳，急忙把我妈送去医院，结果医生检查出我妈得了癌症，已经到了晚期！这个打击一下子就使我崩溃了。

医生说，我妈的癌症有可能是生气多了造成的，生气容易让原来畅通的七经八络变得迟钝，血液通过血管流回心脏的速度变慢，在某个部位生成病灶，平时不易察觉，直到症状明显时，已经很严重了。

听了医生的解释，我一边掉泪一边带着埋怨的语气对我爸说："爸，我妈都是因为你好赌才气成这样的，你满意了吧！现在家里只剩下一个空壳了，你说怎么办？"我爸后悔莫及地用双手抱着头想了想说："餐馆的门面不装修了，先拿那笔高利贷来给你妈治病。"我火了："高利贷就像快速滚动的雪球，越滚越多，你赶紧把钱还给人家！我妈的住院费我来想办法！"说完，我催我爸马上去还钱。他犹豫了半天，最后还是老老实实的把钱拿去还给人家了。

我妈住院后，幸好我的男朋友文靖底子厚，我还没有向他开口，他就把一张存入 20 万元的农行卡递到我手上，解决了我的燃眉之急。尽管如此，我妈还是在 2012 年 5 月中旬病逝了。她走那天，阳光明媚，天气出奇得好，我却哭得伤心断肠。我爸这次仍然没有哭，但他的表情比我弟弟遇害时更痛苦，突然间就有了很多白发。

我妈不幸离开人世后，由于我还要上班挣钱来维持一家人的生计，我奶奶的饮食起居只能由我爸负责，我奶奶体弱多病，家里没有人照看是很危险的。头疼的是，我奶奶拒绝吃我爸煮的饭菜，她原本是个很仁慈的人，可这次她对我爸不再仁慈，常常骂我爸赌钱引来了灾祸，既害死我弟弟又气死我妈。

我爸从我奶奶的眼神里，看到了我奶奶对他的失望，他跪在我奶奶面前，忍不住痛哭流涕，终于承认是他害了全家。我爸一边痛哭一边向我奶奶忏悔："妈，我错了。我不是人，当初我想不到赌博和吸毒一样会让人上瘾，赢了点钱就有快感，输了钱又使大脑受到刺激，希望把本钱赌回来，结果赌注越下越大，赌瘾也越来越大……"

我爸打了自己几个耳光。见我奶奶的眼神空洞，表情呆滞，只好去厨房拿来一把锋利的菜刀，在我奶奶面前剁下他左手的四根手指头，对我奶奶说："妈，请相信我，我会彻底戒掉赌瘾的。"接着痛得昏迷过去。

事后，我奶奶对我爸说："秋生啊，如果你一直不沾染赌博，亮亮和艳梅就不会这么快离开我们，我们一家人开开心心过日子不知有多幸福啊。你把一切美好的东西都毁了，现在醒悟过来又有什么用呢？"

爱 的 方 式

　　秀秀是美女，大学时完全有条件和高富帅谈几场轰轰烈烈的恋爱，只是母亲怕秀秀吃亏，不让她过早和异性交往，直到秀秀大学毕业回到田林有了工作，母亲才同意秀秀谈男朋友，并再三嘱咐秀秀，第一次约会，无论男方提出什么要求，都不能接受，要敢于用"不"拒绝。从小到大，秀秀都是乖乖女，她对母亲言听计从。

　　前年夏季，秀秀在网上认识了鹅城的赵华，聊得很开心就同意赵华来田林县城和她见面。让她惊喜的是，见到赵华后，他的英俊帅气比她想象中的还要优秀。同时，赵华也被秀秀的古典气质和有着原始的美迷住了。他俩一见钟情，心照不宣地在街上散步。

　　路过一家酒店门前时，赵华大大方方的邀请："我们在这家酒店共进晚餐好吗？""不好。"秀秀想到母亲的嘱咐，摇摇头说。赵华以为秀秀觉得这家酒店不好，继续陪着秀秀在街上走，但很明显，秀秀的脚步慢下来了。赵华配合默契地与她相视一笑，彼此的眼神里都装满了爱意。

　　他俩就这么漫无目的地走着，走着。夜幕降临，华灯初上，四处灯火辉煌。县城的金三角地带早早地摆起了夜市摊。赵华见了胃口大开，他下班后抓紧时间从鹅城赶来和秀秀见面，根本顾不上吃饭。秀秀也一样，想到和赵华的第一次约会，下班后一直按捺不住欣喜的心情，也没有吃东西。然而，当赵华邀请她在夜市摊吃麻辣烫时，她却婉言拒绝，这让赵华猜不透她的心思，只能陪着她继续前行。

路过一家茶楼门前，赵华鼓起勇气对秀秀试探性地说："口渴了，我们进去喝茶？""不喝。"秀秀羞涩地回答。赵华感到既尴尬又无奈，好长一段时间沉默不语。

走完河堤路，上了马店大桥，秀秀说她住在财富商城，不远了。赵华以为秀秀在暗示他见面到此为止，就依依不舍地说："我送你到家门口吧。""不要。"秀秀低声细语。赵华不甘心地提出要求："我能吻吻你的手吗？""不能。"秀秀低着头，声音仍然很低，甚至有点颤抖。

赵华静静地凝视着秀秀，忍不住叹了一口气，转身走了。秀秀目送着他的背影渐渐远去，突然醒悟过来，伸手往前一抓，什么也没抓住，脸顿时煞白，眼睛里闪着泪光。

接下来的日子，秀秀常常在QQ里给赵华留言，赵华始终没有回音。坚持半年后，秀秀决定走出这段网恋，把全部心思投入到工作中。

到了去年夏季，炎热的天气使得秀秀心里躁动，总想找个男朋友谈心交心。于是，在单位同事李美丽的多次推荐下，秀秀好不容易答应和另一个男人约会。这个男人名叫陈新，是李美丽的老乡。早几年前，陈新来田林县城创办公司后，一直想在田林找对象，结果却不尽如人意，要么是他看上的女孩而这些女孩看不上他，要么是一些女孩看上他了而他看不上这些女孩。

去年春季，陈新开车去秀秀的单位接老乡李美丽出来吃饭，偶遇秀秀下班，第一眼就被秀秀的美惊呆了。为此，陈新再三要求李美丽帮忙，李美丽也没有辜负陈新的愿望，最终促成了秀秀和陈新的约会。让秀秀失望的是，见到陈新后，他的相貌平平使她兴奋不起来，不过陈新很坦诚，或多或少给了她一点小小的安慰。

这次仍然是肩并肩的散步。路过一家酒店门前时，陈新微笑着对秀秀说："这家酒店不错，我们进去点几个菜边吃边聊？""不去。"秀秀回答，白皙的脸蛋上露出了红晕。陈新看在眼里，暗想：她为什么拒绝？瞧她矜持羞涩的样子，可能是不好意思说真话吧。

陈新决定大胆尝试，他对漂亮迷人的秀秀说："这家酒店的招牌菜味道鲜美，走吧。"说完，主动走在前面。果不其然，秀秀只是犹豫了一下，就身不由己地跟着他进了这家酒店，在餐桌上轻轻听着他礼貌而又深情的表白，一切都是那么顺其自然。

吃完晚饭出来，陈新建议去双虹桥附近的公园爬山。秀秀想到晚上爬山不安全，坚决不同意。陈新这次没有强求，又不想这么快和秀秀分开，因此提出在街上走走。秀秀虽然没有点头，但心里还是愿意妥协的。

来到一家名牌时装店门前，陈新对秀秀说："进去逛逛。""不进。"秀秀摇头，却又走火入魔般地跟着陈新走进时装店，在一次又一次的拒绝中接受了陈新为她精心挑选的几件衣服。然后，陈新拦了一辆三马仔，自作主张地送秀秀回家。

秀秀用钥匙扭开门时，陈新心血来潮地说："秀秀，我想抱抱你，可以吗？""不可以。"秀秀说着转过身来，打算和陈新挥手告别，陈新却迅速把她抱在怀里，冲动地吻着她的额头，她的眼，她的唇。她很想反抗，又感到浑身酥软无力。

有几分钟，秀秀不知道是现实还是梦境，直到陈新松开双臂，满足中用炽热的眼神凝视她时，她才发觉自己的初吻已经给了眼前这个长相普通的男人。这一切来得很突然而又那么自然而然水到渠成，是秀秀想不到的。

暗暗吃惊过后，秀秀推门进屋，微喘着回头，又爱又恨地对陈新说："要不要进来喝杯茶？""要！当然要！"陈新激动得脱口而出，他不会错过这样好的机会。

后来，陈新和秀秀携手并肩走进了神圣的婚姻殿堂。婚后不久，陈新在日记里写道：第一次和秀秀约会，她拒绝我的请求时，如果我不懂得用另一种爱的方式，那么秀秀就不会和我去那家酒店吃饭，就不会和我走进时装店，就不会请我进屋去喝茶，就不会让我娶到她这样天使般温柔美丽的妻子。

与此同时，秀秀在浓浓的爱的氛围里，因为陈新的倍加呵护，她收获很多，每天心情都像阳光明媚的天气一样灿烂。她从学会爱抚对方到怀上宝宝，有了很多个说不出的惊喜。

罪　证

一

那群恶魔又在秋艺梦中出现了，他们张牙舞爪的扑向秋艺，冷酷地蹂躏着她的身体和尊严……秋艺惊醒过来，时针正好转到2012年4月20日9点，火红的太阳已经从地平线上冉冉升起，万物正在复苏，鲜花正在怒放。

躺在医院病床上的秋艺面向窗户，隐约听到远处传来朗朗的读书声。孩子们的声音唤起了秋艺的回忆，她记得自己少女时代有很多梦想，向往着美好的未来。可恨的是，她的梦想来不及实现，入侵我国的日本鬼子已经强暴了她。

那是1938年，秋艺只有十六岁。那年冬季的一天，秋艺在教堂里弹琴，突然有五个日本鬼子闯入教堂，其中一个叫星野，会说中文，是鬼子部队里的特种兵，既能熟练驾驶战斗机，又是一个枪法出众的狙击手。

那天星野跟着四个鬼子冲进教堂，发现弹琴的秋艺是个天使般的中国女孩，和他妹妹芳子一样清纯可爱。因为秋艺，星野突然想到，如果没有这场侵略战争，他还在自己国家和妹妹芳子盘腿坐在家里，至少不会手里拿着枪。

星野沉醉在自己美好的想象中，另外四个鬼子却因秋艺美得像百花丛中的仙子，几双邪邪的目光互相对视后，不约而同地朝前扑去，群魔争夺，惨无人道地把秋艺按倒在钢琴架上轮番残虐。

星野呆若木鸡地望着眼前发生的一切，秋艺的求救声令他感到肝胆俱裂，他很想制止，四个鬼子中的上尉立即用枪顶着他脑袋，威胁他加入这场罪恶的游戏。与此同时，神父从一间房子里跑出来怒吼："你们这帮禽兽，我跟你们拼了！"

话音刚落，用枪顶着星野脑袋的鬼子上尉迅速转移目标，手枪对准了神父的胸口，"砰！砰！"两响，枪声在教堂里显得格外清脆。

神父倒下了，鬼子上尉又把枪口对准星野，另外三个得到满足的鬼子也朝着星野紧逼过来。事实的残酷性远远超出了星野的想象，在四个鬼子不断威逼下，他战战兢兢地走上了灭绝人性的罪恶之路。

星野手忙脚乱地强暴秋艺时，秋艺眼里装满的惊恐、绝望和愤怒深深地刺痛了他。更为严重的是，他在秋艺身上发泄兽性后，鬼子上尉又把秋艺抓回军营向司令官高崎请功。接下来，高崎以种种恶劣的手段强迫秋艺当慰安妇，给秋艺留下了挥之不去的阴影。

秋艺终于明白，那群恶魔反复在她梦中出现，其实是一种预兆。特别是想到日本东京政府的不理智行为，她更坚信邪恶永远战胜不了正义，黑暗永远掩盖不了光明，任何侵略战争都是无法原谅的。

被噩梦惊醒后，秋艺睁开眼睛，使得守在病床边的美女警官刘丽红睡意全消。与此同时，秋艺的保姆姚姚正在医生办公室打听病情。

医生告诉姚姚："老人得的这种病是生气造成的，生气容易让原来畅通的七经八络变得迟钝，血液通过血管流回心脏的速度变慢，在某个部位生成病灶。"

听了医生的解释，姚姚说：　"奶奶得这种病是日本鬼子害的。"

为什么是日本鬼子？原来，2012 年 4 月 18 日，九十岁高龄的秋艺在家里看电视，一条播报日本东京政府决定从私人手中"购买"钓鱼岛的新闻映入眼帘。看完这条新闻后，白发苍苍的秋艺在气愤中昏迷。见状，保姆姚姚急忙打电话给"120"，请救护车把秋艺送往古城市人民医院。

2012 年 4 月 19 日上午，苏醒过来的秋艺对姚姚耳语，然后姚姚回到她的住所，在储藏室里找到了一支锈迹斑斑的狙击步枪。姚姚吓傻了，抱着这支步枪在客厅里转，好一会儿才回过神来，按照秋艺的要求打电话报警。

民警火速赶到秋艺住处，见到这支狙击步枪后惊得目瞪口呆。大约过了半个小时，古城市公安局局长赵明峰召开紧急会议，迅速成立办案小组，对秋艺私藏这支狙击步枪的来龙去脉展开调查。

办案小组首先调出秋艺的档案，根据资料显示，一辈子单身的秋艺没有犯罪记录。美女警官刘丽红想不通，没有犯罪记录，为什么秋艺会有那支狙击步枪？刘丽红是负责此案的组长，为了解开谜团，她带领小组成员张勇乘车赶往医院。

"奶奶，我们是公安局的办案民警，姚姚已经按照你的要求把那支步枪交给我们了。你能说说那支枪的情况吗？"

"那支步枪曾经杀害了许许多多无辜的百姓，它是当年日本侵略中国的罪证。"

刘丽红非常震惊，她想不到案情竟然与抗日战争有关。

"奶奶，据你的保姆姚姚说，你得知石原慎太郎宣布东京政府决定从私人手中‘购买’钓鱼岛后，你才在愤怒中昏迷的？"

秋艺顿时气得浑身颤抖。日本对钓鱼岛采取的这种单方举措，确实对她刺激很大，导致她再次昏迷。

刘丽红急忙按铃把医生叫进病房。医生检查后对刘丽红说："你们不要问了，再问下去病人会有生命危险。刘警官，病人高烧得厉害，你们先回去吧。"

刘丽红点点头，率先退出病房，决定回局里向赵明峰局长汇报案情的进展。

由于这个案子比预想的还要复杂，赵明峰听取汇报后，当晚和刘丽红赶往医院。秋艺仍然处于昏迷状态。奇怪的是，赵明峰和刘丽红出现在她病床前时，她好像感觉到了，嘴唇在微微颤动。

赵明峰和刘丽红同时把耳朵贴近秋艺嘴边。

秋艺模模糊糊地说了一句："那颗子弹越来越大……"

赵明峰迷惑不解。望着高度昏迷的老人，他觉得秋艺身上又多了一层神秘面纱！为了揭开这层面纱，赵明峰要求办案小组坚持每天24小时在医院看护。

这与刘丽红的想法不谋而全。她留在医院，希望秋艺尽快苏醒。她在医院守了一夜，直到次日上午9点，她开始犯困时，高烧渐退的秋艺终于被噩梦惊醒。

"奶奶，你醒了？"

秋艺认真看着刘丽红，见刘丽红正值妙龄，清爽怡人，她又想到了自己的少女时代，想到了当年被鬼子们糟蹋的情景。

"奶奶，我想知道那支步枪的来历，也想知道你说的那颗子弹是怎么回事。"

二

刘丽红不知道那支狙击步枪的来历，不明白秋艺说的那颗子弹是怎么回事，我们这一代也难理解，只有参加过抗日战争的长辈们才真正体会到其中的含义。

此时，九十高龄的秋艺半躺半靠在医院病床上，凝视着希望从她嘴里得到答案的刘丽红说："孩子，那支步枪确实是当年日本鬼子侵略我国的罪证。至于那颗子弹，我告诉你，一个变成恶魔的人，想痛改前非脱离一群恶魔又脱离不了，他只能被那颗子弹射进胸膛。"

说到这里，当年那个日本鬼子星野立即在秋艺的脑海里浮现——

那个星野是侵略战争的矛盾体。1938 年冬季，他伙同另外四个鬼子在教堂里强暴秋艺后，接下来连续一个星期，沉重的罪恶感使他精神萎靡不振。他在战场上完全丧失了斗志，这是鬼子司令官高崎不允许的，因为他是高崎培养出来的杀人机器，中国话说得很纯正，能开轰炸机又是个百步穿杨的神枪手，高崎绝不会眼睁睁地看着他消沉下去。

高崎误以为星野过于留恋那种肉体刺激才变得失去雄心壮志的。他对星野"网开一面"，假惺惺地赐给星野好烟好酒，让星野享受特殊待遇，强行安排秋艺充当慰安妇来侍候星野。

当时秋艺只有 16 岁，高崎把她和星野软禁在一起，按时给她注射迷药。星野对高崎这种可耻的行为感到痛恨，又不敢指责，只好把所有的怨气发泄到秋艺身上，动不动就对她使性子。

第一天深夜，星野喝得醉眼蒙眬，然后饿狼般地盯着秋艺，希望秋艺把他扶到床上。秋艺不理他，反而用仇恨的目光回敬他。他想不到秋艺被强行服药后仍然这么坚强，顿时气得一把抓住秋艺，恶魔附身一般，怒不可遏中给了秋艺一巴掌……

次日清晨，星野恢复神智后对自己犯下的过错感到后悔。尽管如此，也只是一瞬间的惭愧。当他再次喝到烂醉如泥，又什么都记不得了。这次秋艺仍然很坚强，对星野没有半点屈服。星野忍受不了这样的挑战，对秋艺又抓又咬，涕泪交加。

星野在伤心难过中突然有一种本能的冲动，迅猛地把秋艺压在身下，根本不顾及秋艺的感受，竟然用最野蛮的方式一次次强暴了她，弄得她几度昏迷。

事后，星野很后悔这样对待秋艺，他心里突然滋生出一丝丝怜悯，并在矛盾中有了一种难于言表的模糊情绪。为弥补过失，他很艰难地向秋艺连连表示歉意。

秋艺在迷药的牢牢控制下，偶尔也能理解星野的心情，毕竟星野比其他鬼子要好些。出乎意料的是，她一旦对星野好，星野就会行为反常，突然之间变得很讨厌她，动不动就暴跳如雷，希望她马上在他眼前彻底消失。

星野不知道是怎么回事。渐渐的，他的情绪竟变成对秋艺很反感了。他尽量避开与秋艺的身体接触，因为他常常感到坐立不安，每当回想起那天在教堂里犯下的罪行，他就害怕自己对秋艺充满邪念时，会在酒醉中再次粗鲁而野蛮地欺凌她。

星野和秋艺单独接触的第三天，秋艺在鬼子司令官高崎的威胁中，被鬼子剥光衣服，并在迷药发酵的情况下一丝不挂。星野望着她美丽的胴体，时而对她产生厌恶，像躲避瘟疫一样冲进卫生间；时而对她产生冲动，强行拥抱着她娇小玲珑的身子轻轻爱抚。

星野对秋艺爱恨交加的主要原因，是他在矛盾中把秋艺当成了自己的妹妹芳子，曾经有那么几个小时，星野在秋艺面前把自己所有的美德都表现得淋漓尽致，为她穿衣，对她百般的亲爱和呵护。然而，他从秋艺幽怨的眼神里，看出秋艺并不开心，他就觉得自己非常恶心，也觉得秋艺非常可怜。说白了，他讨厌这场侵略战争！

如果没有这场侵略战争，他就不会变得这么恶心，秋艺也不会变得这么可怜。想到这些，星野迷惑不解。他想不通日本天皇为什么会作出如此荒唐的侵略决定。他在痛苦中找不到什么东西发泄，只好把目光停留在秋艺身上，实在忍不住想要狠揍秋艺一顿，可他不敢动手揍她，因为他想起那天在教堂里犯下的罪行，他只有更多的痛苦。

星野知道，这种痛苦来自于这场侵略战争，但他的理智又一直不肯承认，因此他把一切厌恶都发泄到秋艺身上，同时又对秋艺感到特别的惧怕，他惧怕秋艺那双幽怨的目光，那双目光里隐藏着好多复杂的内容，对他简直就是一种挑战。要是他有胆量，早就带着秋艺一起逃离这个恶魔一样的部队了。可他是个服从命令的军人，根本没有胆量叛变，只能变得很痛苦，很矛盾。

无论白天还是黑夜，因为有秋艺的存在，星野时时刻刻都无法安宁。秋艺总是在他睁开眼睛和闭上眼睛的一刹那，使他看到秋艺像他妹妹芳子一样娇小可爱。有时，秋艺会在他幻想时用仇恨的目光盯着他，使他浑身颤抖，备受痛苦的煎熬。

到了第四天晚上，星野不知道自己出自于什么目的，终于有了一种疯狂欲望，在粗暴的动作中强行占有了秋艺。奇怪的是，秋艺在药物的作用下无力反抗，使他感到顿失。他看见秋艺脸上挂着的泪珠，突然想到自己来中国之前，妹妹芳子送别时为他流下的眼泪，一种罪恶感再次涌入他的心头。

星野的心情变得更坏，对她无缘无故地发火，甚至做出过激行为，一脚把她踢下床来。然后，他在痛苦不堪中抓扯着自己的头发，像疯狗一样狂吠，魔鬼一样乱跳。

三

2012 年 4 月 20 日，上午 9 点 23 分，病床上的秋艺回忆当年日本鬼子星野的行为反常，把她当成又爱又恨的牺牲品，心里越发觉得星野罪孽深重。秋艺仍然记得，她被鬼子司令官高崎按时注射迷药后，精神恍惚中学会坚强的同时，也学会了忍辱。

当时，为了感化星野，秋艺很想走进他的内心世界，可他没有给她丝毫机会。虽然秋艺随时能够接触到星野强壮的身体，但是星野那肮脏的心，肮脏的灵魂，却是她摸不透触不着的，它们隐藏得很深。

尽管如此，秋艺没有放弃努力，她在迷药的牢牢控制下，虽然力不从心，但是她会用眼神、用嘴巴和星野交流，不断地对星野发出一连串质问，并告诉星野，恶有恶报，善有善报，自古邪不压正，侵略者迟早会被天打雷劈的。往往这时，星野就会用愤怒的目光凶她，可她一点也不感到害怕，气得星野对她又爱又恨。

由于秋艺在药物的作用下仍然这么坚强不屈，星野终于有了一点点妥协。当秋艺将疲乏的身子带入惶恐不安的梦乡后，星野也惶恐不安甚至痴呆地坐在她旁边，胡乱地放飞着理顺不清的思想。星野害怕回想到那天在教堂里发生的一幕，尽量把思绪拉到远在岛国的家乡，想着父母和妹妹是否安康。

星野无论如何也想不到，从他跨洋过海入侵中国那一天起，他父亲突然瘫痪，母亲也染上了疾病。面对突如其来的困难，他的妹妹芳子只能挑起重担，提前辍学，以军人家属的身份优先得到"照顾"，安排在一家军人俱乐部工作。

更让星野想不到的是，鬼子部队里的边田少将作为援军入侵中国之前，看中了他的妹妹芳子。为了让芳子听从摆布，边田暗中杀害他们的父母后，把芳子骗到中国来当慰安妇。边田是星野的上级首领，如果星野知道事情真相，他还会为这些灭绝人性的侵略者卖命吗？还会像他们一样变得禽兽不如吗？

星野不知道，毕竟他在高崎一伙的精心打造下，中毒太深了。他和秋艺单独相处的第六天，由于他的思绪混乱，心情烦躁，他对秋艺再度心生歹念，疯狂得像要吃掉秋艺一样。

被强行灌了迷药的秋艺一直坚强地忍受着，泪如雨下中仍然死死盯着星野的脸，使得星野越折磨她越感到害怕，不得不放弃了对她的折磨，在精疲力竭中紧紧地闭上眼睛，不想看到这个残酷无情的世界，更不敢看见秋艺的眼睛。

当然，星野也想不通自己为什么会变成这样。从他开着飞机入侵中国那天起，他就觉得，无形中常常有一个恶魔若即若离地在他身边，让他欲罢不能。它总是缠着他，将他的精神和肉体一点点吞噬，使他脱变成这世上最悲哀最可恶的人。

本来，沉重的罪恶感使他精神萎靡不振后，秋艺被鬼子司令官高崎强逼着来到他身边，他对秋艺爱恨缠绵，渴望对秋艺多一些了解，就像秋艺很想了解他一样，只是他心里明白，自己是侵略者，不可能让秋艺发现他那肮脏的灵魂，更不配去了解秋艺。

　　然而，当他越来越觉得坚强不屈的秋艺是个美得不能再美的女孩后，他对秋艺最终有了敬佩，对中国人民有了新的认知。如果他是日本天皇，他会马上结束这场侵略战争，然后跪在秋艺面前，请求她的原谅。

　　夜已降临，门外戒备森严，这是鬼子司令官高崎强迫秋艺与星野单独相处的第六天晚上。星野从窗口望出去，对面是军营俱乐部，从里面隐约传来的狂笑声和酒杯碰响声中，星野感觉得出俱乐部里群魔乱舞，鬼哭狼嚎。

　　星野深深地叹了口气，回到床上，静静地躺在秋艺身边，不知不觉地进入梦乡。他梦见自己在家乡的大街上漫无目的游荡。也不知走了多久，终于走进一条行人稀少的小巷。

　　他发现贴在墙壁上的悬赏布告被昔日的风雨撕得面目全非，心里跟着莫名其妙地伤感起来。

　　快速穿过小巷回家，屋里空空如也。星野到处寻找父母和妹妹，可是怎么找也找不见，顿时惊恐万状，偏偏这时有好多妖魔鬼怪张牙舞爪的向他猛扑过来，吓得他大声喊叫着从噩梦中惊醒，浑身是汗。

　　"小鬼子，你罪恶滔天，是不是梦见阎王把你打入十八层地狱了？"

　　星野呼吸急促地盯着秋艺，眼泪顿时汹涌而出。他在害怕中用普通话说："我做这样的噩梦，可能是家里出大事了。"

　　秋艺用鄙视的目光审视着星野，心里骂他这是报应。秋艺这么做，越发使星野感到焦急烦躁，甚至对她越来越反感。当她实在忍不住对星野发出讥笑时，星野突然狂暴地对她怒吼："你去死吧！"

　　秋艺忍不住发出胜利的大笑。

　　星野很想揍她，最后还是忍住了。他下床去拍打门窗，对外面站岗的鬼子说要回家。那些鬼子都羡慕星野能够享受这种特殊待遇，也知道星野是个特殊人才。他们不敢怠慢，迅速将星野的情况向上级汇报。

　　第二天晚上，鬼子司令官高崎亲自来到软禁星野的地方，客气中带着严肃的语气说："星野君，其实用不着你喊叫，我给你享受的待遇只有这七天时间。你想回家，必须重新振作精神投入到战斗中。至于这个女人，我让她去慰问其他有功的士兵。你舍不得她？只要你在战场上表现出色，我就让她重新回到你身边。我给你最后一晚时间在这里养精蓄锐，明早亲自来带你去参加实弹演习。"

　　高崎说完手一挥，立即进来几个荷枪实弹的士兵，把秋艺转移到了其他地方。

　　秋艺像气泡一样消失在星野眼里后，星野并没有意识到秋艺接下来的命运更为悲惨，反而在她离去后，认为自己的罪恶突然减轻了好多。于是，他在自我安慰中把心稍微放宽，大口吃肉，大碗喝酒，尽管他脑海里仍挥不掉秋艺的身影，也在酒精的作用下，平平安安地酣睡了一夜。

　　令星野想不到的是，第二天起床后，高崎亲自把他带到了机场附近。

　　高崎以演习为借口，命令星野用狙击步枪瞄准前方 800 米远的一块平地，要他以最快的速度朝着平地上五个正在移动的"稻草人"射击。开枪之前，星野有种强烈的预感，这绝不是一次例行演习那么简单。

　　果然，短短的几秒钟枪响过后，星野通过六倍光学瞄准镜发现，那五个被他击中要害的"稻草人"倒下时，鲜血从他们的头部喷洒出来。星野非常震惊，泪水顿时蒙住了双眼。

然而，从这一刻起，星野成了真正杀人不眨眼的刽子手。特别是1939年，他先后五次参与了鬼子部队轰炸古城的罪恶行动，用炸弹和燃烧弹杀害了数不清的无辜百姓。

四

随着时光流逝，有人会把当年日本侵略中国的种种罪行忘记，躺在医院病床上的秋艺却忘不了那段沉痛历史。她凝视着美女警官刘丽红说：“孩子，你想知道那支步枪的来历，我告诉你，它是当年日本鬼子星野的专用武器。星野在正式使用它之前，先伙同其他鬼子开着轰炸机杀害了许许多多的无辜百姓！”

秋艺仍然记得，1939年鬼子部队正式入侵中国古城之前，首先派出大量飞机对古城进行多次惨无人道的轰炸，让很多无辜的人们死于非命。秋艺永远也忘不了日本鬼子首次向古城施行空袭，星野作为鬼子中的一员，杀人的手段是何等的恶劣！

当时的古城，正值机关、团体、学校及部分工厂举行各种集会活动，大街上群情鼎沸，大家都热血满腔，谁也没有想到一场灾难即将来临。

中午时分，有几架飞机从东南方飞来，在古城上空转了几圈，人们以为是本国部队的飞机，没有人惊诧。可随后不久，又从东南方飞过来一大批飞机，分成两队，发着巨大的轰鸣声将古城包围后，开始俯冲，膏药旗像招魂幡一样清晰可见。直到这时，人们才明白是怎么回事，惊慌失措中四处奔跑。

星野和其他鬼子一面向全城投弹，一面用机枪向地面扫射，霎时硝烟弥漫，尘土飞扬，房屋倒塌，大火蔓延，人们呼爹唤娘、寻妻找夫乱作一团，不知如何躲避，哭喊声响成一片。

鬼子的轰炸令人猝不及防，古城的机关、学校、银行、工厂、社团，都无一例外地损失惨重。很多市民死于非命，断臂断腿重伤的市民不计其数，给古城人民带来了深重的灾难。

鬼子轰炸的主要目标是城区商业中心，资本家的很多仓库都集中在这里，惨遭轰炸之后，商业中心的房屋全部被夷为平地。此外，古城的古城墙被炸坍数处，城内外布满了弹坑，几百家商铺、民房被烧毁，大街小巷遗下的许多尸骸惨不忍睹。

这是星野和其他鬼子在中国大轰炸期间第一次对古城犯下的罪行。他们开着飞机盘旋在古城上空，犹如一群饥渴贪婪的老鹰。此前，古城市民并没有亲眼见过敌机的凶残，很多还存在着侥幸心理。经历过这次惨痛之后，他们才发觉鬼子是杀人不眨眼的刽子手，从此心里笼罩上了难以抹去的阴霾。

更令人痛恨的是，鬼子并未就此罢休，距离第一次轰炸不到半个月，星野又伙同其他鬼子再次对古城进行空中侦察和试探性攻击。当时正是人们吃午饭的时候，古城上空突然飞临二十来架敌机，轮番用炸弹和燃烧弹进行轰炸。刹那间，整个城区一片火海，血涂断垣。

其中有星野投下的一枚炸弹炸毁北街城墙时，石头像雨点般倾泻在沿河两岸的商店、铺面上，砸烂房盖，墙倒人亡，只剩下一排燃烧着的歪斜断折的房屋木架，人们的残肢断体混杂其中。

有几个拉黄包车的市民被炸得没了人形。有个姑娘在慌乱中逃到一株大树下躲难，结果被炸得皮开肉绽，血淋淋地挂在树枝上。还有一位妇女抱着孩子逃命，孩子的头颅被弹片削飞……

接下来的第八天，鬼子对古城进行了第三次轰炸，导致古城火焰冲天，被炸的楼房、商店全部变成了瓦砾堆，家具、货物有的被烧毁，有的被埋在倒塌的断墙、瓦砾、梁椽之下。

人们纷纷逃往城外躲避。星野发现逃难的人群后，对准人群投弹和俯冲扫射，致使不少大人小孩尸横满地，血流成河，残肢高挂树梢，血肉模糊惨不忍睹。

这次轰炸比上一次更疯狂，鬼子开着二十来架飞机来回盘旋于古城上空，以机枪、炸弹、燃烧弹轮番扫射轰炸，导致数条街道被炸断，黑烟四起，火光冲天，全城变成一片火海。

一些慌忙躲避的人们，有的跑上城外山坡，有的涉水至江河彼岸，心惊胆战地遥望着祖居家业被熊熊大火吞噬，莫不痛心疾首，捶胸顿足。

星野和其他鬼子开着飞机离去后，古城的繁华闹市已变为焦土，烈焰腾空而起，几十里外可遥见半天通红。瓦砾堆中脏腑狼藉，残垣之下焦骸相拥，凄风悲号！这次轰炸，被毁房屋数不胜数，死伤人数无法统计，造成很多市民无家可归，流离失所，不少商店关门，学校停课，几乎使整个古城处于瘫痪状态。

短短一个月内，古城就遭受了这群侵略者丧心病狂的三次野蛮轰炸，使一座古老而完整的城市变得支离破碎，人民的生命财产遭受了巨大损失，成为古城历史上一次特大惨案。

星野知道自己没有野心，可日本天皇及其大臣们野心勃勃。他们派出大量飞机对中国主要城镇进行狂轰滥炸，目的是要在中国人民的精神上起到震慑作用，以此来炸垮中国人民的抵抗意志。中国人民会就此害怕吗？不会！中国人民的家园被毁，亲人遇难，这一切全来自于丧心病狂的日本鬼子的侵略！

在秋艺的印象中，星野和其他鬼子对古城的空袭，情状之惨，为害之烈，损失之巨，要数 1939 年 4 月那个阴暗的下午为最。

　　这次鬼子以密集机群对古城进行骚扰轰炸，丧心病狂地投下了大量炸弹和燃烧弹，使整个古城笼罩在烈火浓烟之中。鬼子针对古城居民房屋建筑结构的特点，先投下炸弹将建筑物炸毁，再投下燃烧弹纵起大火，并促火灾蔓延，加大对城内的破坏力度。

　　当时，古城孤儿院院长刚带着那些孤儿躲进防空洞，就听见鬼子的飞机隆隆地轰响，在空中发出怪声，一股猛烈的冷风飕飕地从洞口窜进来。紧接着，轰隆作响的炸弹沉沉地砸在了附近，一时间地动山摇，防空洞里摇摇晃晃，泥土簌簌往下洒落。

　　星野和其他鬼子开着飞机离去后，院长走出防空洞一看，整个城区已是一片瓦砾废墟，孤儿院里有几间房子被炸毁，并未完全炸落的大门还在吱吱嘎嘎地摇摆着。大街上有许多人手足异处，街道两旁的树枝上还挂着断肢内脏，触目惊心。

　　这次轰炸，导致古城市内中弹地点之多是空前的，银行林立的金融区被炸得七零八落，有六条主要街道被炸成废墟。市内十几处由轰炸引起的大火，很快蔓延开来，全市陷入火焰的包围中，滚滚浓烟遮天蔽日，熊熊大火燃烧了三天三夜才被扑灭。

　　经历了鬼子四次丧心病狂的轰炸后，古城人民怒吼起来了。无论是官僚、豪绅、巨贾之流，还是工人、学生、穷苦百姓，没有一个不对鬼子切齿痛恨。

　　为了更好地抵御鬼子灭绝人性的侵略，古城的驻军和民众进行了不屈的抗争自救，把防护警戒作为要务，迅速成立防护团，下设消防、警报、交通灯火管制、工务、警备等部门，还成立了防空协会，由市防护团及驻市部队官佐组成，配合市防护团加强防空防毒知识宣传，起到了很好的效果。

　　特别是 1939 年初夏，古城狙击日本侵略者的战争打响后，古城军民同仇敌忾，众志成城，共同抵御外来之敌。市防护团负责将城内各机关团体、学校、居民进行疏散，留城者须经市防空协会批准，发给留城证。

同时规定，夜间发出空袭警报后，留城市民一律灭灯，每户居民必备沙包及苏打薄荷油、凡士林等药物。此外，自愿留城市民还要通过修水池、准备消防器材以及开挖防空洞等，充分做好应对。

为了适应抗战的需要，古城留城市民贡献了大量的牲畜、蔬菜、竹木等，既负担本地驻军人马的兵伕粮款、生活用品，还为驻军建造营房，任务十分繁重。如此援军抗战的激情，使驻军对抵制日本鬼子的侵略信心百倍。

五

回忆当年日本入侵中国古城的种种罪行，秋艺越发觉得鬼子星野罪不可赦！她突然想到1993年自己在古城亲历的一幕。那年古城烈士陵园扩建，从一个几千平方米的土坡里挖出了无数骨骸，据知情人说，这个土坡是抗战期间埋葬那些被炸弹炸死的万人坑。

回想到这凄惨的一幕，躺在医院病床上的秋艺禁不住浑身颤抖。负责查案的美女警官刘丽红见秋艺抖得厉害，以为她会再次昏迷，打算按铃把医生叫来。

秋艺摇了摇手，暗示刘丽红不用叫医生，然后说："孩子，你想知道那支步枪的来历，我告诉你，如果当年日本安分守己，不以种种借口侵略中国，鬼子星野就不会在1939年成为他们危害世界和平的帮凶，更不会给古城人民造成惨痛的损失。"

"奶奶，恕我冒昧，当年你是不是一直陪伴在那个星野身边?"

"算是吧。当年鬼子司令官高崎为了让星野成为他们最有效的杀人机器,常常强迫我在星野身边充当他的慰安妇。"秋艺痛恨地说。

她记得1939年夏季,鬼子大部队入侵古城之前,又派出大量飞机对古城进行第五次轰炸。这一次轰炸,星野没有得逞,他开着轰炸机飞入古城上空不久,就被中国抗战部队的炮弹扫中机体,幸好他在吓破胆中逃跑得快,拖着一股浓烟飞离古城后撞落在森林里,遍体鳞伤地捡了一条性命。

次日,鬼子部队在高崎司令官的命令下,以边田少将作为先头部队,浩浩荡荡地向古城逼近。高崎凭着武器装备先进,计划以十倍的兵力在两天之内占领古城。他万万没有想到,这次侵略已经激起了中国人民的愤怒,高崎低估了中国人民的团结力量。

星野在噩梦不断的养伤期间,他们的部队蚂蚁般的围着古城进攻了六天,却没有啃掉一个缺口,高崎在损兵折将中领教了中国军队的厉害。即使这样,高崎也没有放弃对古城的侵略,他是恶魔,宁愿让自己的同胞成为侵略战争的牺牲品,也不愿意反省自己所犯下的滔天大罪。

为了攻破古城,鬼子们在高崎的命令中,一次又一次地进行疯狂进攻,导致他们的同胞一个个倒在中国军人枪口下的同时,中国官兵也在顽强自救中一个个英勇献身。

战斗进行到第七天。凌晨4点,枪炮声仍在继续,你来我往,炮弹像流星雨一样密密麻麻地划破天空,尽情挥霍着它们的自由,有种从枪口里被释放出来的骄傲,同时又愤怒人类对它们的控制。它们在呼啸声中乱飞,成了天地间最灿烂的点缀。

天渐渐亮了,世界是一片青灰色的。星野从后方医院的特护病房里出来，发现这片神奇的土地上，有几株大树的树叶已经被地动山摇的枪炮声震落，光秃秃的枝丫却像利剑一样刺向云霄，在证明着它们的坚强不屈。

星野充满敬畏地望着那几株挺拔的大树。此时此刻，与地平线相接的地方被乌云笼罩，乌云上面是一层浅黄色，再上面是淡蓝色的天空。有几颗稀疏的星星挂在天际，相比满天犹如火星子飞舞的流弹，显得是那么的逊色。

这一仗打得太惨烈了。从鬼子在这一天进行第五次强攻开始，枪炮声一直不断，硝烟弥漫中血流成河，不知又会死去多少人呢？人类的生命是宝贵的，有如烟花闪现，为什么日本鬼子要灭绝人性挑起战争，让很多无辜百姓死于非命？

星野在胆战心惊中注视着前方，那些像流星雨一样的炮弹在空中穿梭而过，使得他越来越害怕。他想不通日本天皇及其大臣们为什么要侵略中国，做出这种大逆不道的事。如果没有这场战争，只有和平，无论是日本人民还是中国人民，生活都会井然有序，家园都会美好如画。

上午9点差一刻，鬼子对古城进行了再一次强攻。他们首先派出轰炸机对古城驻军防守阵地进行轰炸，接着又放出一排野炮，炮弹铺天盖地呼啸而来，随着"轰隆、轰隆"的爆炸声，狼烟四起，尘土漫天飞扬，掀起的泥土弄得中国军队的将士们灰头土脸。

紧接着，鬼子利用坦克开路，不惜一切代价逼近城门。古城驻军奋勇杀敌，刹那间，炮弹雨点般倾泻而下，爆炸声响成一片，震天动地。只见硝烟弥漫，泥石乱飞，鬼子被炸断的枪件和血肉模糊的残肢腾空而起，四下散落。世界似乎即将毁灭，巨大的爆炸声淹没了一切。

尽管如此，鬼子仍然没有退缩。他们集中优势火力，在猛烈炮火掩护下，一次又一次的进行反扑，最终撕开了一道口子，潮水般地涌入城内，与古城驻军展开肉搏战。

由于兵力过于悬殊，加上鬼子的援军不断增加，驻守古城的中国将士只能一边与鬼子拼杀，一边撤退，近1000名官兵在战斗中壮烈牺牲。

鬼子稍作休整后，继续以密集的炮火延伸射击。距离古城市中心还有六百米时，鬼子接二连三地被远处射来的子弹击中要害，短短的几分钟时间，鬼子就死了十几个人。

"是中国狙击手!"其中一个反应较快的鬼子惊呼，话音刚落，头部已经中弹。

其他鬼子吓得胆战心惊，什么武士道精神在这时候都变成狗屁了。他们知道，狙击手都是神枪手，决不浪费一颗子弹，每开一枪，几乎就有一条生命宣告结束。

鬼子们趴在地上不敢动弹，指挥官气急败坏地命令他们继续前进。他们不敢违抗命令，只好屏住呼吸，像一只只虫子在地面上小心翼翼地爬行，这是指挥官不希望看到的。他用枪击毙两个害怕得停留不前的鬼子后，直觉告诉他，有一支枪正向他的头部瞄准，他急忙闪身躲在副官后面。可是已经晚了，一颗子弹呼啸而来，从副官的耳根子擦过，穿进了他的头颅。

眼睁睁地看着指挥官惨死的下场，鬼子们吓得面无血色，纷纷找到附近的断垣残壁作为掩体躲避起来，把他们遭到狙击的消息汇报给司令部。

司令官高崎很震惊，他没有想过，中国军队里竟有这么神奇的狙击手。为了达到他顺利侵占古城的目的，他想到了枪法精准的星野，亲自来到后方医院。也许是死了很多官兵，这个像狗熊一样健壮的高崎两眼布满血丝，显得很急躁地问医生："星野的伤好了没有？"

医生说星野的伤虽然好得差不多了，但是他受到了惊吓，如果想在短时间内治愈，必须使用特殊疗法，最好是安排具有专长的漂亮女子来照顾他，否则他很难从惊魂未定中走出来，重新拿起武器参加战斗。

高崎听了，想到年轻漂亮的秋艺一直被他控制在军营中，二话不说就命人把秋艺押送到星野身边，希望星野与秋艺发生性关系后，重新振作精神，成为他们对付中国狙击手的克星。

六

"奶奶，你的意思是说，鬼子星野开始使用你私藏的那支狙击步枪杀人了？"

刘丽红提到那支狙击步枪，秋艺心里对鬼子星野又增添了几分怨恨。她不会忘记当年星野养伤期间，鬼子司令官高崎强行把她押到星野身边，打算利用迷药让她陪星野上床。高崎的目的是希望星野得到兽性的满足后，能够振奋精神拿起武器射杀来去无踪的中国狙击手。

幸好这次星野对秋艺没有动粗，可能是他发现秋艺长得越来越像他妹妹芳子的缘故。为了蒙蔽高崎，星野假装对秋艺很凶，把她从医院赶走。

高崎听说后，很想枪毙星野，又觉得星野还有利用价值，实在没有办法，他才想到自己手上有一张王牌正好用得着，急忙打电话给驻华间谍佐佐爱，要她从上海火速赶到古城，以特殊的肢体语言疗法为星野服务。

星野毕竟是年轻力壮的鬼子，灵魂被侵略战争扭曲后，确实需要懂得演戏的女人来为他抚慰。高崎将佐佐爱派到星野身边的第一天，他就被演技高超的佐佐爱深深吸引。

佐佐爱算不上绝色，但绝对能倾倒那些好色之徒，她的脸蛋很迷人，有一双会说话的眼睛，身材小巧玲珑而标致，肤色细嫩白皙，神态妖冶，气度雍容华贵，无论是身穿笔挺的军装、华美的和服，还是身穿合体的旗袍，都能魅力四射，电火灼人。

佐佐爱见到星野时，第一句话就说："星野君，我是病理学医师佐佐爱。有人说病理学能让我摸到上帝的手，作为病理学医师，我却将此看成是一种鲜血、人肉与器官的较量。"

星野不明白佐佐爱话里的意思，他痴迷地盯着佐佐爱看了一会，见她人面桃花，端庄华贵，脸上焕发出妖艳之态，显得十分迷人，顿时烦躁地说："我不想待在这里，你能不能带我回家？"

佐佐爱娴于辞令和善于察言观色，不愧为高手中的高手，间谍中的间谍！

佐佐爱对星野故作含情脉脉地说："星野君，我和你一样都想回家，希望你能尽快好起来，尽快打赢这场战争。"

星野点点头。他在佐佐爱的极度"爱抚"中，心情变得越来越好，终于兴奋地说："为了能够回家，我请求马上加入战斗。"

这句话令高崎很满意。当佐佐爱亲自送星野去见他时，他抬手擦了一把额头上渗出来的汗珠子，说中国军队里出现了狙击手，只有星野能对付，他需要星野尽快把对手除掉。星野是个争强好胜的人，喜欢和棋逢对手的人较量，一听说中国军队里有狙击手，他不假思索就接受了单兵作战的任务。

从这一天起，高崎不再让星野继续执行轰炸任务，而是针对星野的枪法出神入化，让星野晋升为中尉的同时，成为鬼子最有效的杀人机器。

秋艺永远都不会忘记，那天傍晚，鬼子为了扫除城里奋力抗战的中国军队，尤其是中国军队里的狙击手，他们竟然用绳子将一群老弱妇孺拴成一串赶在前面形成一堵人墙，用枪威胁着往古城市中心前进。

当时星野潜伏在一幢高楼的楼顶，旁边躺着一位被炮弹炸断了四肢的老人，他见星野着装和其他鬼子不一样，笑起来还有些天真，看上去根本不像是个刽子手，认为星野是中国军人，对星野的坚持战斗感到欣慰。

老人在临死前用气若游丝般的声音怒吼："这些鬼子都是杀人不眨眼的凶猛禽兽，总有一天会受到国际法庭最庄严的审判！"

老人临死前的话让星野感到胆战心惊，他不知是羞愧还是愤恨，总之他的一口钢牙咬得咯吱响，尤其是他的战友威逼着那群老弱妇孺走在前面当成挡箭牌，使他气得双眼充血，从未有过的无力感从心头生起。同时，他也知道狙击手永远是最冷血最不动感情的，特别是在执行任务中。

星野通过六倍光学瞄准镜发现那群老弱妇孺中，有一位穿花格子衣服的女孩很像他的妹妹芳子。他惊呆了，一直盯着穿花格子衣服的女孩出神，她却在鬼子们的刺刀威胁下，一步一步地朝着市中心走去。

星野突然出现了幻觉，以为那女孩就是芳子，因此在激愤中端好枪，瞄准，很想一枪射杀那个用刺刀逼着她往前走的家伙，可转念间，他又恢复理智，知道她不是他的妹妹。尽管如此，他在沉重的气氛中还是有种莫名其妙的难受。

人墙仍在往前移动，距离也在一点一点地收缩。星野想不明白，鬼子距离古城市中心只有300米了，为什么还看不到中国狙击手的动静。

就在星野生出种种猜测时，意外发生了。那位穿花格子衣服的女孩突然转身，高呼着"打倒日本帝国主义"并往鬼子的刺刀上撞。她起到了表率作用，那些老弱妇孺停住脚步，互相使了个眼色，不约而同地转回身往鬼子的刺刀上撞。随着血花四处飞溅，排在鬼子前面的人墙很快就消失了。

望着前方悲壮的一幕，星野很震惊。与此同时，中国军队里的狙击手却很难过，其中有两人抬手抹掉脸上的泪水，仇恨的怒火在心中熊熊燃烧，他俩熟练地端起狙击步枪瞄准侵略者，射出了愤怒的子弹。

就在他俩迅速装弹时，他俩的一位战友奋不顾身地从一个隐蔽处冲出来，他使用的是一支中正式步枪，虽然这种步枪后坐力大，容易磨损，不利于控制而影响了枪的精确度，但是对他构不成影响。他在冲锋中边拉枪栓边开火，命中率高得惊人，这样的作战效果恐怕只能用熟能生巧来形容了。

眼前这一幕使星野从震惊中清醒过来，对方一旦暴露目标，他就找到了机会。他使用的是装备六倍光学瞄准镜的三八式步枪，这种步枪口径较小，后坐力也小，精确度又高，用这种步枪进行远距离狙击时，即使是一般士兵，也能在 300 米内打死对方。也就是说，这种步枪的精确度比中正式步枪要高得多。

星野十分明白，一个优秀的狙击手不会轻率地连续开枪而导致枪管发热，否则这种连续射击就算击中目标，也不一定能枪枪致命。也许是中国军队里的这位狙击手发现自己的同胞牺牲得过于惨烈，仿佛晴天霹雳，心中有种树枝离开树身时撕裂的疼痛，结果在失去理智中不要命地冲出来射击，从而犯了一个致命的错误。

这就是星野等来机会的原因。他尽量控制住激动的心情，等到那位冲出来的对手迅速装弹时，星野果断地向他开了一枪，子弹正好射中他的眉心。然后，星野沉着老练地进行射效观察，发现第一枪很完美后，迅速转移到第二个射击点，准备进行下一次射击。

果然不出所料，我军发现牺牲了一位战友，又有一人在失去理智中从隐蔽处冲出来，打算将战友的尸体背回去，可他还没有冲到战友身边，星野就快速瞄准他的头颅开了一枪。他晃了晃，硬挺挺地站着失去了呼吸。

星野的第二枪使我军浴血奋战的指挥官猛然清醒，发现鬼子部队里有顶尖的狙击手进行远距离射击后，他只好命令大家一边向冲过来的鬼子开火，一边利用熟悉的地形撤退。结果，星野出色的表现使鬼子部队顺利占领了古城市中心。

七

回忆日本鬼子星野的杀人经历，秋艺心里装满了仇恨。她忘不了 1939 年 7 月 8 日鬼子占领古城市中心那天，星野杀害了一个手无寸铁的中国老百姓。接下来连续三天，他又射杀了多名中国官兵，还强暴了一名如花似玉的女孩。

那个老百姓的小名叫土豆，1939 年初夏，日本鬼子以密集机群对古城进行狂轰滥炸后，在返回途中投下一枚炸弹，落到土豆家的地里，炸出了一个大坑，气得土豆指着离去的日机大骂，发誓要将小鬼子抓来帮他把那片土地弄好。

村里人见土豆平时胆小怕事，赌他没有本事去跟鬼子硬碰硬的干。土豆一气之下，离开村子来到古城，不久才发现鬼子人多势众，无恶不作，根本不像他想象中那样容易对付。土豆感到进退两难，就这样空手回去肯定遭到村里人笑话，怎么办呢？

想来想去，土豆终于狠下决心，打算冒险在战场上找点东西回去。他躲躲闪闪的来到大街拐角处，从一个鬼子队长的尸体上剥下军装穿在自己身上，打算用它来瞒过鬼子拖尸队的眼睛。令土豆想不到的是，他在尸体上翻找钱财时，星野正好从附近一幢被炸弹炸得走样的大楼里出来。

星野发现土豆后，以为他是鬼子里的小队长，快步走过来用日语问："你为什么不归队？"

土豆吓了一跳，见星野穿的服装跟其他鬼子穿的不一样，这才舒了口气。

星野又用日语问："你为什么脱离部队？"

土豆说："你这位老乡也真是的，明明是咱中国人，还说鸟语，我听不懂！"

星野这才明白土豆不是日本军人，于是改用普通话问："你是汉奸？"

土豆想不通："汉奸？你什么意思？"

星野见土豆不高兴，只好解释："我的意思是说，你是大日本帝国的朋友？"

土豆被激怒了："谁他妈的是日本帝国的朋友？你说明白点！"

星野特别冷静，继续追问："你不是大日本帝国的朋友，为什么穿着这身军装？"

土豆说："原来你想不通的是这个！告诉你吧，鬼子用炸弹炸毁了我家那块地，我是来找鬼子算账的，可鬼子太凶了，我没有办法，只好拿鬼子的衣服回去，让乡亲们知道鬼子穿的衣服是什么样子。"

星野恍然大悟，在恼怒中杀害了手无寸铁的土豆。

当天晚上，古城的城南一带出现了中国狙击手，星野受命潜伏狙杀。他通过六倍光学瞄准镜，一点一点地搜视着前方的楼房及其附近的花草树木，只要有一点风吹草动，他都会警觉起来。

城南一带有几个地方和星野潜伏的地方一样，都是最好的狙击位置，星野坚信中国军队里的狙击手会潜伏在那里的某一处。

天气十分沉闷，所有的风都被魔术师收进了口袋。

星野等了两个小时，对方还是没有动静，星野知道对方在和他比耐力。他稍微移动身体，抬头注视幽蓝的夜空。星星如同密谋一般，散乱地互相张望着。月亮呈现出弯钩状，像一把锋利无比的弯刀，随时都有可能要了星野的命。

月亮附近有一颗明亮的星星，它的魔力在星野身上产生了神奇作用。它像秋艺和芳子的眼睛，又大又美丽，总是亮晶晶的，闪烁着智慧的光芒。

接近凌晨，对方仍然没有任何动静。星野凭着经验判断，对方一定还在城南一带的某一幢楼房里潜伏着。星野禁不住捏了一把冷汗，顿时感到中国军队里的狙击手是何等的厉害。

耐心等到凌晨一点，对方终于进行试探了。他很精明，竟然将事先伪装好的一个假人头从一扇窗户里面露出来，轻轻地晃了晃。等了一会儿，见没有任何动静，他只好将那个假人头收回去。

不久，他转移到另一扇窗户旁边进行第二次试探，将一支点燃的香烟插入一根管子，固定在假人头嘴里，再把假人头露出来。然后，他一边用管子的另一头大力吸着香烟，一边观察星野这边的动静。

星野暗中吸了一口凉气，心想要是换成其他鬼子，肯定会开枪，这样一来就会暴露自己，被中国军队里的狙击手射杀。幸好他狡猾过人，知道对手用烟头的一明一灭来试探有没有潜伏的敌人。他很快就判断出对手所在的位置在另一个窗口后面。

他迅速调整好射击位置，根据周围环境的温度调好射击速度，然后通过瞄准镜紧紧盯着那个假人头附近的窗口。1分钟、2分钟、3分钟，果不其然，中国军队里的这位狙击手以为安全可靠了，终于把头露了出来。念头是行动的胚胎，所有的成败在这一念之间。星野迅速瞄准对手的脑门扣动扳机，"砰"的一枪，对方伏在了窗檐上。

接下来连续三天，星野在古城射杀了29名中国军队的官兵。这些官兵只是为了保家卫国才誓死守卫古城的，而星野却是外来侵略者，他和其他鬼子一样，根本没有资格剥夺别人的土地和生命。

更令人痛恨的是，古城沦陷后，星野并没有明白战争给人们的肉体和心灵所带来的创伤，并没有感受到亲人痛失骨肉的痛楚，有的只是在鬼子司令官高崎对他的嘉奖中得意洋洋，甚至为他的枪枪致命感到骄傲自豪。

战争给古城带来的灾难是无法形容的，当星野发现那些来不及处理的尸体已经高度腐烂而爬满蛆虫时，他感觉到了往他体内渗透的那种味道让他头胀和反胃，发现了眼前失去生机的一切不再秀美。

他心中产生了有生以来从未有过的阵阵恐惧与悲凉。即使如此，他仍被高崎的暂时性胜利冲昏头脑，他和其他鬼子一样，在付出沉痛代价后以攻破古城而欢呼雀跃，激动的心情难以言表。

这时的星野已经和其他鬼子没有什么区别，他们的铁蹄踏进几乎变成了废墟的古城市区，对尚未来得及撤离的居民和幸存的少数店铺继续烧杀抢劫，对那些因寡不敌众而放下武器的俘虏进行惨绝人寰的折磨和虐待，还将一些尚存呼吸的受伤者活埋。

鬼子们见古城市区破坏惨重，根本满足不了欲望，于是把魔爪伸向城郊，见了男人就杀，见了女人就强暴。这时的星野甚至比其他鬼子有过之而无不及。

一天傍晚，星野伙同另外两个鬼子对一位年仅 18 岁的中国女孩进行惨无人道的摧残。这女孩的父亲是古城的大财主，已经成了中国人民痛恨的汉奸。他万万没有想到，他投奔敌人的结果竟是敌人强暴了他的女儿。

他的女儿还是一个学生，星野和另外两个鬼子发现她出落得水灵灵的，皮肤又白又嫩，因此把她说成是中国军队里的特工。他们用各种下流的手段来折磨她，使她在无法忍受的极度煎熬中不时发出惨叫和痛苦的呻吟。

那天傍晚，这个女孩刚从家里出来，星野和另外两个鬼子被她的身材和相貌深深吸引住后，不约而同地围过去。这一次星野并没有把她和他妹妹芳子联想到一起，他第一个冲上前去扭住她的胳膊，说她鼓鼓的胸脯里藏有枪支，肯定是个特工。她奋力争辩，星野却强行把她拉到一处破房子里。

星野和另外两个鬼子以搜身为借口，命令女孩把全身的衣服剥光。他们下流无比的目光，简直令她恐惧。她在委屈中羞得满脸通红，极力哀求道："我不是特工，求你们放过我吧，求你们了。"

星野和另外两个鬼子发出一阵淫笑，步步逼近，迫使女孩在惊慌失措中不断往后退，最后退到角落里，一种难以形容的屈辱涌上心头。她无助地闭上美丽的眼睛，长长的睫毛上挂满了泪珠。

对于一个花龄少女来说，这样的羞辱是无法忍受的。尤其是星野和另外两个鬼子争先恐后地把魔爪伸到她身上，她紧张到了极点，浑身颤抖着。他们并没有就此罢休，另外两个鬼子用魔爪撕破她胸衣的同时，星野已经迫不及待地解开了她的裙扣……

在他们灭绝人性的摧残中，女孩吓得魂飞魄散，眼神空洞，这时她的惨叫声只能从喉咙里发出来，痛苦不堪的肌肉已经不是在颤抖，而是在剧烈地痉挛着。

星野和另外两个鬼子得到兽性的满足后，害怕事情暴露，就在女孩失去知觉中开枪杀害了她。开枪时，星野突然有种预感，总觉得将来会有什么报应发生。这样的预感一直在星野大脑里延续，直到他在中国突然见到妹妹芳子沦为性奴隶似的慰安妇后，他才明白自己得了什么样的报应。

八

2012 年 4 月 20 日下午 1 点，远处那所造型美观的教堂隐约传来了钟声。秋艺听到钟声，当年她在教堂被星野和另外四个鬼子强暴的一幕又浮现在脑海里。紧接着，她想到了鬼子司令官高崎在二战期间犯下的种种罪行。

她记得 1939 年 7 月古城沦陷后，高崎又把侵略战争指向港城，尤其是 1939 年冬季，高崎命令边田少将作为先头部队前往港城进行猛烈强攻。然而，驻扎在港城的中国军队并没有让高崎得逞，双方在激战中迎来了 1940 年春天，高崎损失惨重，好不容易才占领了港城东部的梅花山庄。

高崎想破脑袋也找不到很好的突破口。更要命的是，驻扎在港城的中国军队里出现了很多神射手，边田把这个情况汇报给高崎后，高崎既震惊又感到头疼。关键时刻，这个狗熊一样的战争罪人又想到了星野。他知道星野会一口纯正的中国话，善于伪装，因此把星野当成炮灰推向生死线。

高崎亲口对星野说，边田少将作为先头部队进攻港城时，其驻扎在港城东部梅花山庄一带的营地，常常遭到中国八路军的一支小分队偷袭，星野的任务就是伏击这支小分队。据说这支小分队里个个都是神射手，他们已狙杀了先头部队300多人，其中一个是石原中佐。

高崎料不到中国军队里高手如云，特别是有一次，中国八路军的这支小分队里，竟然有人能在1000米外一枪击中石原中佐的脑袋，这是高崎最惊恐的。他命令星野伙同另外五个鬼子特攻队员从古城出发，赶往港城东部的梅花山庄接受边田的调遣。

那天空气很反常，星野伙同另外五个鬼子刚潜入港城东部，还未到达梅花山庄，已经感受到了战争的阴云笼罩着港城辖区，只见人们来去匆匆，无不痛恨鬼子灭绝人性的侵略扩张。星野一伙尽量避开人们的视线，绕道进入梅花山庄。

星野了解到，梅花山庄有一条公路直通港城，其中有个叫凉风口的地方，战略地位十分重要，日军部队和中国军队对凉风口都极为重视。这个处在亚热带雨林地貌上的凉风口，中国军队的防线十分坚固，如果步步稳打，必然会陷入残酷的攻坚战中。

作为鬼子的先头部队，边田少将面对这样的局势，只能采用先进武器压制摧毁，充分发挥步兵配属坦克突击的作战方法对凉风口频频发起强攻。尽管如此，边田少将也不能在短时间内攻占凉风口，反而与中国军队展开了多次惨烈的拉锯战，被中国军队打得鬼哭狼嚎，死伤惨重。

实际的情况是很恐怖的。有一次，中国八路军埋伏在凉风口

公路两边的山坡上，边田组织了好几轮炮击，虽然准确地打在了八路军隐蔽的战斗队形中，但是这支军队仍然没有暴露，轻重伤员无一呻吟，纪律与素质令人瞠目。

还有一次，边田趁着黑夜无星无月，利用飞机、大炮和坦克轮番进攻了一个晚上，以为这支训练有素的中国军队已经阵亡得差不多了，边田正在得意之际，谁知这支军队悄悄摸下山来，在黎明前进入有效射程，突然间全线开火，弹道发出的光亮密如雨丝，打得边田的前沿部队措手不及，只好紧急呼叫炮火支援。

可是晚了，这支八路军已经摸了上来，与鬼子互相交错，导致边田不敢下令开炮，怕打死自己人，结果被这支八路军用机枪、步枪扫射得四处开花，手榴弹所到之处，一炸就是一片，一批一批的鬼子血肉横飞，狼烟四起中掺杂着鲜红的血色。整整一个上午，鬼子都没能靠近中国军队死守的凉风口，气得满嘴讲着武士道精神的边田差点晕倒。

更加可怕的是，中国八路军里有一支小分队，在距离梅花山庄五千米处十字路口附近的小峡谷，成功狙杀了300多个鬼子。边田占领小峡谷后，仍然被这支出没无常的小分队偷袭，在鬼子士兵中造成了极坏的影响。

为了除掉这支令鬼子胆寒的小分队，边田把兵力从小峡谷撤回梅花山庄，计划让星野和另外五个从古城来的鬼子在小峡谷两边潜伏下来。边田的命令是，宁可错杀一千，不可漏掉一人，只要有人出现在这个小峡谷里的公路上，或者出现在小峡谷附近的十字路口，都必须将之击毙。

这个命令让星野感到吃惊和不安，毕竟这个小峡谷附近的十字路口，除了一条公路从港城通往梅花山庄之外，另一条公路是港城通往边城的公路，而这条通往边城的公路上，常有逃难的人马经过。星野想不到边田和高崎一样滥杀无辜。

这天傍晚，星野用烂泥将自己涂抹得人不人鬼不鬼的，独自潜伏在小峡谷的这边山坡上，另外五个队友潜伏在对面的山坡上。星野认真观察了一下，他这边距离那个十字路口较远，直线距离最少也有1500米，对面山坡上的五个鬼子距离那个十字路口较近，直线距离不超过600米。

星野精心确定了四个观察点和七个射击位置后，回到第一个射击位置潜伏下来，身上和步枪上挂满了绿色伪装草。星野的主要任务不是射杀从那个十字路口经过的人马，而是让对面山上的五个鬼子负责射杀，以此引来中国八路军的那支小分队，一旦那支小分队与对面山上的五个鬼子激战，星野就能很快地找出他们的潜伏位置，将他们逐一射杀。

在一分一秒地流逝中，天渐渐暗了下来。由于山坡上灌木茂密，杂草丛生，蚊子、小虫繁多，尤其是那种身上长着白斑纹的大黑蚊虫，白天追着人叮，晚上更不得了，一咬就是一个大包，难受的滋味可想而知。

在潮湿阴冷的环境中潜伏守候，星野和对面山上的五个鬼子都没有发现目标，就这样艰难地熬过了一个漫长的夜晚。直到次日上午9点差一刻，那个十字路口终于出现了二十来个从港城匆匆赶往边城的人。也许是他们已经真实地感受到了战场的血与火和生与死的残酷场景，明白了战争给他们的肉体和心灵所带来的创伤，看到了战争对生命的漠视，感受到了亲人痛失骨肉的痛楚，他们只能从港城匆匆赶往边城避难。

这二十来人都没有带枪，他们刚出现在十字路口，对面山上潜伏着的五个鬼子就对他们进行远距离的开枪射杀。随着一个又一个鲜活的生命惨遭杀害，星野禁不住浑身发抖，实在不忍心看下去了，他只好闭上眼睛，一种说不出的愤怒顿时涌入心头。

人本身就是一个矛盾体，有时星野会变成恶魔，有时又会良心发现。当他重新睁开眼睛的时候，出现在十字路口的二十来人全部被杀害了，他们无论是跑着的还是抱头蹲着的，没有一个逃脱对面山上那五个鬼子射出去的子弹，死的样子令人惨不忍睹。

九

回忆当年日本侵略中国所犯下的种种罪行，秋艺突然想到鬼子星野抗战末期在忏悔中对她说过的惊人事件。

那是 1940 年春季。那天，出现在十字路口的二十来人被鬼子杀害后，不久又有一批从港城匆匆赶往边城避难的人出现在这个十字路口。他们发现一具尸体横七竖八地倒在血泊中，顿时吓得转身往回奔跑，结果跑得快的捡了一条性命，跑得慢的却被对面山上那五个鬼子开枪射杀。

遥望着如此悲惨的情景，潜伏在这边山上的星野禁不住向对面山上的五个鬼子打手势，暗示他们不要滥杀无辜。可他们死性不改，其中一个回手势对星野进行蔑视，抱怨他过于感性。星野气得咬牙切齿，又不敢过分指责他们，毕竟他和他们都是军人，都必须服从命令。

也许是对面山上的鬼子通过瞄准镜发现了星野的表情，他们当中有个叫野村一郎的家伙是星野的老乡，他比划了几个手势向星野解释，意思是星野，我知道你为什么阻止，我很理解你的心情。说真的，我也怨恨这场战争，可是军令如山，如果不干掉那些人，我们就违抗了边田少将的命令。

野村一郎的解释使星野清醒过来，战争是残酷的，他要怪，只能怪他们那些挑起战争的恶人。他认真想了想，反而觉得自己没有潜伏在对面山上的五个鬼子冷静，既然他和他们都是高崎挑选出来的特攻队员，他和他们就要团结一致，在这次任务中扮演着不可或缺的重要角色。

特别是他，作为一个冷血杀手，在特种战斗行动中有着决定性的作用，更应起到表率作用。想到这些，星野终于冷静下来，认真观察着周围的变化。

也许是有人从十字路口逃脱，返回到凉风口向坚守在那里的中国军队报信，中国军队得知鬼子残忍地把那些过路的难民杀害后，对鬼子这种可耻的罪行感到震惊和痛恨。于是，这支中国军队派几位战士拿着镐头、铁锨来到十字路口，其中还有一名金发碧眼的战地记者跟随。他们的目的是出于人道前来安葬尸体，在这种情况下，如果开枪射杀他们，简直是天地不容。

星野通过六倍光学瞄准镜发现，除了那位金发碧眼的战地记者不停地拍照之外，其他人怀着沉痛的心情，谁都没有吱声，刚到那个十字路口就在公路附近选好地点，投入到紧张的搬尸和挖坑工作中。也许是土质又硬又粘，加上还有一些碎石子，他们挖起来特别费劲，一个先用镐头刨，第二个再用铁锨把土铲上来。

挖好坑后，他们抬着一具具惨遭杀害的尸体轻轻地、平稳地放进坑里，表情非常难过。待全部尸体都安放在坑内，那位金发碧眼的战地记者最后对尸体进行拍照。他们怀着悲痛的心情，向死于非命的人们深深地鞠了三个躬，眼含热泪默默地做好最后的掩埋工作。

就在他们即将安葬好那些遇难者时，潜伏在对面山上的五个鬼子竟然向他们开枪射杀，就连那位金发碧眼的战地记者也不例外。遥望着他们中弹倒下，星野在震怒中感觉到自己的心沉重到了极点。他深信，这样灭绝人性的杀人，已经触犯了天条，中国人民以至世界人民将要他们血债血还。

果不其然，当天傍晚，星野突然发现瞄准镜里有异常情况：十字路口出现了一群狂奔的野马，它们并没有朝着边城方向奔跑，而是直接朝着梅花山庄这条道路狂奔，似乎有人倒挂在它们的腹部下面。

星野大吃一惊，迅速瞄准山脚下的公路，用了几秒时间锁定第一个目标，突然又迟疑了一下，考虑要不要开枪。就在星野迟疑之际，潜伏在对面山上的五个鬼子开枪了。结果，星野震惊地发现，那些野马中枪倒地时，倒挂在它们腹部下面的都是假人！

对面山上的五个鬼子也很震惊，同时预感到死神已经降临到他们头上。他们开枪时，已经暴露目标，刹那间，他们就被一阵短促而沉闷的枪声击倒，罪有应得地死了。更让星野感到惊骇的是，枪声来源于他旁边不远处，估计距离他潜伏的地方不超过300米！

星野惊出一身冷汗，他想不到中国军队里的神射手来得这样神速，而且让人不知不觉。幸好他没有开枪，否则他是怎么死的都不知道！他害怕得缩进事先准备好的草洞里，不敢动弹，直到又一个深夜来临，他才在心有余悸中迅速撤离，狼狈地逃回梅花山庄边田驻扎的营地。

边田听了星野的汇报，并没有自责自己做出的命令违背天意，反而来了个兽性般的发泄，挑唆高崎次日派出一批轰炸机入侵中国军队的防区。这次高崎和边田又没有得逞，因为这天与往日一样，中国军队早已做好了战斗准备，严阵以待，全力以赴歼灭入侵之敌，结果把大批量架次敌机压到了一处，集中火力猛攻，除了高机枪对准敌机猛烈扫射之外，"轰！轰！轰！"的炮弹同时在半空中互相穿梭，打得多架敌机起火，冒着乌黑的浓烟滑落。

尽管如此，高崎和边田仍不死心。在接下来的第四天，高崎又派出多批轰炸机组成轰炸阵行，铺天盖地向中国军队的阵地扑来，一边投弹一边扫射，致使中国军队阵地硝烟弥漫，弹片土块四处横飞。

经过一次又一次的努力，敌机终于接近了中国军队的炮二连阵地，投下多枚炸弹。然而，我军这个炮二连是硬骨头连，全体官兵不顾气浪、烟火和弹片的冲击，反而集中火力更加猛烈地对着入侵的敌机直接开炮射击，打得一架架敌机拖着乌黑的浓烟摇摇晃晃从半空中坠落下来，吓得那些来不及投弹的敌机在惊慌失措中仓皇逃窜而去。

高崎和边田见自己损失惨重，但也没有退缩，他们不顾同胞的死活，仍然派出大部队对战略地位十分重要的凉风口发起猛攻，几个团的兵力一批一批地往上冲锋。生死攸关时刻，中国军队的将士们个个都表现得十分出色，硬碰硬地用机枪、炮弹割草一样扫倒一批一批的鬼子，尸横遍地，鲜血染红了满山满岭。

十

2012 年 4 月 20 日下午 2 点，需要用休息来补充体能的秋艺突然在回忆中睡熟了。她一直沉睡到黄昏，接着梦见那群恶魔张牙舞爪地扑过来，冷酷地蹂躏着她的身体和尊严。被噩梦惊醒后，秋艺从梦中情景联想到日本东京政府很想侵占钓鱼岛的不理智行为，越来越坚信这个梦是一种预兆。

她望着刘丽红和张勇说："如果日本玩火，不反思他们当年侵略中国犯下的种种罪行，他们会像当年一样在惨败中死无葬身之地。"

"奶奶，你能不能说得更详细些。"刘丽红恳求。

秋艺点点头。她记得1940年夏季，鬼子司令官高崎进攻港城付出的代价十分惨重，尤其是作为先头部队的边田少将，死伤的人马已经过半。有一次，边田为了不让受到轻伤的士兵落伍，竟然用背包带把这些士兵固定在军用汽车上，导致穿插部队遭袭击时，这些士兵在车辆被击毁中死不瞑目，姿势几乎一样。

边田的先头部队以惨痛代价攻破凉风口后，港城周边又出现了一支中国共产党的敌后武工队，他们神出鬼没，既炸碉堡又炸军火库，简直让高崎和边田伤透了脑筋。正因为这样，头号战犯高崎给星野下达了新的任务，目标正是活跃在港城周边的中国敌后武工队。根据线报，星野他们要去的地方是一个隐蔽在深山老林里的村子，具体在什么位置只有投敌叛国的吴光明知道。

星野不得不佩服高崎的老谋深算，高崎总能抓住他的软弱之处。这次任务，高崎除了安排十四个特攻队员配合星野行动之外，还把他的王牌间谍佐佐爱安排在星野身边，既要佐佐爱监督星野，又能利用佐佐爱的美色来套牢星野。这个佐佐爱过于妩媚，就算是穿军装，也能掐出她挺挺的胸、细细的腰和翘翘的臀。

经过一番伪装，星野和佐佐爱一伙躲躲闪闪的潜入港城南部。准备步行上山时，星野清点人数，一共十七人，其中一个是中国人民痛恨的汉奸吴光明。

吴光明负责在前面带路，星野和他很少交流，因为星野看不起他为了当上伪军保安队长，竟然背叛自己的祖国。途中，吴光明为了讨好星野，主动跟星野说了一些情况。有一次他在大街上狐假虎威，差点被中国的敌后武工队击毙，幸好他逃脱得快，只是左手臂上吃了一颗子弹，因为这件事，他发誓要让敌后武工队付出代价。

即将到达目的地时，星野抬头望着前方一片茂密森林，里面静悄悄的，越是没有动静就越显得神秘诡异！星野对佐佐爱伸直大拇指及食指成 90 度，呈手枪姿势。佐佐爱会意，立即从藏在衣服里内绷带上的急救用品袋内掏出一支袖珍手枪，以防不测。紧接着，星野暗示其他鬼子从身上掏出特制膏药涂抹在脸上，这种膏药是鬼子特战队的专用品，既可以防蚊又可以将脸涂成红红绿绿的迷彩，让你看不清真实面目。

一切就绪后，鬼子们跟随吴光明躲躲闪闪地接近森林入口，一条小溪流水淙淙。鬼子们沿溪而上，进入丛林还不到两公里，星野和佐佐爱同时发现前方有个黑影晃动，一闪即逝，只留下低矮的树枝在微风中摇曳。星野和佐佐爱吓得侧身一跃，身体紧紧贴在一株古树的主杆后面。

静静地等待了一会儿，发现对方塞塞窣窣地往远处逃去，星野想不通，为何对方不攻击他们。佐佐爱却把手一挥，命令鬼子们继续前进。不一会儿，他们又发现那个黑影在前方，一闪身就不见了。那个黑影非常狡猾，它发现后面有人跟踪，索性不声不响地潜伏下来。

星野和佐佐爱有所察觉，立即停止不前。几分钟后，对方终于憋不住了，突然从树丛里咆哮着冲出来，往斜面的山坡狂奔。直到这时，星野和佐佐爱才发现，他们担心和害怕的只是一头体形健壮的野猪！

鬼子们舒了口气，继续向前方移动。渐渐的，一个三十来户的村子隐约可见。星野通过望远镜清晰地看到，这个村子是唯一没有惨遭炮弹攻击的村子，什么都完好无损，村子里的人虽然很黑很瘦，但是他们精神抖擞。

星野很激动，同时又有一种隐隐的不安，毕竟这里除了风吹草动，其他的太安静了。凭他的经验，这种安静总是潜伏着危险，只要他们稍微出点差错，死神就会从天而降。

为了确保远程射击的命中率，鬼子这次随身携带的步枪，枪管都很长，这种步枪携带很不方便，尤其是在这样的深山老林里，枪太长了很不灵活，唯一的优点就是藏在草丛里放冷枪，精确度高得吓人。

查看了一遍周围的环境，选择好几个最佳射击位置后，星野教另外十四个队员如何更隐秘地进行伪装，怎样藏在丛林里调整呼吸让自己的心跳放缓，利用刺藤搭建射击支架，让他们尽量学会判断风速和目测距离来调整射击角度。

做完这一切后，星野突然有了一个奇怪的想法，当他把这个想法说给佐佐爱时，佐佐爱感到非常震惊，想不通星野胆敢让她冒险，要她成为第一个试探虚实的人，同时她又有种宁愿为主子高崎献身的精神，毅然决然地同意了星野的方案。

佐佐爱重新伪装，将自己打扮成村姑模样，在天黑前摸进村子。之后，星野耐心等待了几个小时，佐佐爱一直没有向他发出信号。接近凌晨，随着凉风的轻吼，周围的树叶和杂草发出沙沙沙沙的响声。星野警惕地竖起耳朵细听，感觉不到有异常发生，这才放松绷紧的神经。

风停的时候，佐佐爱回来了，她气得咬牙切齿地抽了吴光明几个响亮的耳光。

星野问佐佐爱怎么回事。她想了想，突然静下心来诡异地说："星野君，共军的武工队在村子里，我说我在逃难中迷路了，他们信以为真，对我十分热情，让我吃饱饭后，还安排我单独在一个房间里休息。"

星野迷惑不解，佐佐爱就这样草率地离开村子，难道不怕中国共产党的敌后武工队察觉？他正在猜疑，佐佐爱却胸有成竹地说："星野君，有个好消息要告诉你，天亮后这个村子举行一个什么祭拜活动，共军武工队的人都会参加。为了不引起他们怀疑，我现在返回去，天亮后你们按照我发出的信号开枪杀人。"

星野顿时兴奋起来，恨不得马上天亮。然而，令星野意想不到的是，这个外表美得一塌糊涂的间谍竟是如此的心如蛇蝎，而且和另外十四个被高崎安排来的特攻队员串通一气。

这事从次日上午说起。九点多一点，村子里的人们聚集在一个宽大的晒场上举行祭拜活动，混在其中的佐佐爱突然发出要星野他们开枪射击的信号。星野感到莫名其妙，因为那些人没有哪一个是带着枪的。

就在星野疑惑之际，潜伏在他附近的十四个鬼子开枪了，随着一颗颗无情的子弹呼啸而去，星野通过六倍光学瞄准镜发现，一个个村民中枪倒下后，鲜血四处飞溅，吓得其他人乱成一团。

至此，星野仍然没有发现中国共产党的敌后武工队站出来解救，这说明了什么问题？星野顿时醒悟，知道佐佐爱深夜从村子里回来，为什么不担心被共产党的敌后武工队察觉，为什么会在生气中抽了吴光明几个响亮的耳光。说到底，这个村子里根本没有他们要找的人。

星野愤怒了，索性从隐蔽处跳出来，抓着吴光明的衣领虎视眈眈地问："这是怎么回事，怎么没有共军敌后武工队的人影？"

吴光明吓得全身瘫软，战战兢兢地说："太君，我敢保证，原来他们驻扎在这个村子里的。"

星野恨得磕着钢牙，索性从身上拔出一把军用匕首，不等吴光明反应过来，白光一闪就割断了他的喉咙。仰面跌倒的吴光明临死前浑身抽搐，两只浑浊的眼球死死盯着星野，他想不通自己背叛祖国换来的竟是这种结果。

杀死吴光明后，星野命令那十四个特攻队员停止开枪，可他们说只听从佐佐爱的命令，因为佐佐爱的军衔要比星野高很多。星野惊呆了，他不知道自己在这次行动中扮演什么角色。此时，十四个特攻队员不停地开枪射击，致使那些无辜的村民在四处奔逃中一个个中弹身亡，转眼之间，宽大的晒场上就倒下了黑压压的一片。

眼睁睁地望着村民都死得差不多了，星野禁不住颤抖着双手举起望远镜，顿时发现人面桃花的佐佐爱露出了本来面目，竟然对那些手无寸铁的老人和小孩下手。星野想不到佐佐爱一旦出手，就会把无辜的人们抓到胸前，进行零距离开枪射杀，而且这时，她扎起的头发立即批散开来，脸上焕发出妖艳之态，显得十分迷人而恐怖。

十一

吃晚饭的时候，高龄老人秋艺在刘丽红和张勇的耐心劝说下有了胃口。刘丽红喂她吃了不少东西，使她感动之余暗问自己当年为什么那样善良和懦弱，被鬼子强迫当慰安妇后为什么没有勇气自杀。泪眼模糊中，她发现刘丽红无论是身材还是漂亮的脸蛋，都和她当年有几分相似。

"奶奶，你紧盯着我，是不是觉得我像你熟悉的某个人？"

"孩子，不瞒你，当年我也和你一样好看。只可惜那时我软弱无能，在鬼子的迫害下变成了慰安妇。如果还有来生，我会变得更加坚强，会和你一样选择当个好警察。"白发苍苍的秋艺发自内心地说。"不瞒你，当年我也有美好的梦想，如果日本不侵略咱们中国，我的命运绝不会变得如此悲惨。"

最后一句话又使秋艺陷入深深的回忆。她忘不了 1940 年夏季，星野伙同佐佐爱和另外十四个鬼子特攻队员袭击了那个根本没有敌后武工队的村子。

那次行动以失败告终，却杀害了那么多无辜的村民，这种侵略战争给秋艺留下的伤疤，是她永远都无法忘记的。特别是接下来星野接受的一连串任务，更让秋艺看到了侵略战争的残酷无情，感觉到了鲜活的生命在转瞬间被迫死亡的痛苦。

她曾经听星野说过，那天上午，他们离开那个不幸的村子时，星野的心情一直很坏，浑身披挂的伪装草也没有除掉。佐佐爱实在忍不住了，埋怨星野还有血性，根本不值得高崎如此器重。

佐佐爱说："星野君，要不是你技术全面，能够独立完成各种作战任务，你犯下这样的错误，我完全可以一枪把你毙了。"

星野冷眼看着佐佐爱，想到她的军衔要比自己高很多，否则他不等佐佐爱开枪，他会先把佐佐爱和另外十四个特攻队员逐一干掉。

他气愤地说："那些村民是无辜的，你做得太过火了！"

佐佐爱却说："昨晚我巧妙地了解到，共军的敌后武工队在他们村子里驻扎了一段时间，既然他们帮助共军，他们就必须死！"

这是什么狗屁逻辑？那些村民不是照样对佐佐爱很热情吗？佐佐爱竟然恩将仇报，惨无人道地杀害了他们。星野想反驳，最后还是忍住了。

即将回到预定地点，星野突然冷静下来，迅速把身上不必要的伪装处理掉。他认为上天让他糊里糊涂地卷入这场侵略战争，肯定有原因，至于是什么原因，他也说不清楚。他咬咬牙，热血开始在内心里澎湃，那些村民惨死的一幕幕终于在他脑海里消失。

佐佐爱见星野有了转变，也许是她认为星野还有利用价值，突然间又对星野眉目传情，露出一副女子魅惑人的迷人之态，这时候，谁会想到她是一个杀人不眨眼的东洋女魔头呢？

回到部队后，佐佐爱把星野的情况向高崎作出详细汇报。高崎想不通星野为什么会反复无常，竟然不敢屠杀那些村民。为了让星野变得和他们一样冷血，阴险毒辣的高崎给星野出了更大的难题，命令士兵从集中营里押来一批生病的劳工，他们个个面黄肌瘦，衣不蔽体。

高崎亲自给星野进行示范，他从押运过来的这批劳工中挑选出一位老人。这位老人身上捆绑着的绳索被解除后，高崎叫佐佐爱过去告诉他，说他自由了。老人信以为真，弯腰咳嗽了一会儿，吐出几口鲜血，吃力地朝着前方走去，5 米、10 米、20 米……大约前进了 50 米，老人开始拼着老命一拐一拐的小跑起来。

高崎向来有一种可耻的嗜好，喜欢在背后放冷枪。眼见这位老人即将拐进一片树林，高崎突然发出一阵令人肉麻的狂笑，迅速从警卫手里要过一支步枪，向老人瞄准。"砰"的一声，夺命的子弹呼啸而去，瞬间要了老人的命。

望着老人中枪倒下，鬼子个个拍手叫好。高崎暗示星野跟他一起去查看尸体。佐佐爱和其他鬼子官兵跟着围了上去，只见老人的背心处有一个弹洞，创口很大，涌出的一滩鲜血十分醒目。

　　接下来，高崎命令士兵把那些生病的劳工全部押到 800 米外的一处草坪上，将捆绑在他们身上的绳索解开，假惺惺地叫他们逃命，实际上草坪四周都有士兵把守。高崎命令星野把那些劳工当成活靶，用配备六倍光学瞄准镜的三八式步枪肆无忌惮地进行射击。

　　本来星野内心十万个不愿意，可他是军人，他的天职就是无条件地服从命令。随着时间一秒一秒的流逝，星野感觉到自己的额头上冒出了很多冷汗。发现高崎不高兴了，他只好咬紧牙关，果断地扣动扳机，朝着一个个鲜活的生命射击。

　　通过六倍光学瞄准镜，望着一个又一个活靶倒下，星野被扭曲的灵魂颤抖不停。在高崎的不断催促下，他终于从愤怒中解脱出来，变得无比疯狂。短短几分钟时间，他就换了五支步枪，从五个不同的射击位置进行惨无人道的杀戮，直到他完全变得冷血麻木，把残杀这些鲜活的生命当成游戏，高崎才带头鼓掌叫好。

　　星野不知道这个头号战犯身居要职，为什么会对他如此"器重"，却又不给他更高的军衔。后来星野才明白，高崎"器重"他，一是他长得像高崎的儿子，高崎的儿子在 1937 年入侵中国时战死了；二是他在部队里接受过魔鬼训练，技能确实高超，尤其是单兵狙击，最佳人选非他莫属；三是他会一口流利的中国话，可以伪装成中国人，接受各种各样的任务。

　　接下来的三个多月，高崎一边派部队增援边田少将，与驻扎在港城的中国军队展开持久战；一边把星野推向刀尖火口单兵狙击，与中国军队里的神射手进行生死较量。

　　有一个星期，星野独自一人潜伏在 R 高地，一天到晚都在寻找目标，常常像壁虎一样静静地趴在地上一整天，身下的乱石顶得他疼痛麻木，成群的蚊子轮番对他叮咬，他仍然坚持着专心致志地搜寻。寂寞、疲劳、紧张、危险紧紧包围着他，可他还是以顽强的斗志战胜了一切困难，一刻也没有停止过战斗。

在这个星期里，前三天时不时地下起了大雨，星野依旧潜伏在观察点。由于淋雨过久，坚持到第四天后，他终于发了高烧，浑身软弱无力。偏偏这时，他的瞄准镜里出现了目标，使他一下子就来劲了。然而，当他一枪结果对手时，他又迷迷糊糊的跌入几米深的阴沟。

醒过来后，星野艰难地回到伪装好的草洞，很想喝水，可水没有了，他只好抓来一把嫩草塞进嘴里，一阵狼吞虎咽后晕厥过去。在这个星期里，他一共杀害了 16 个中国军人。

还有一次，星野用拦截一支增援部队进攻长达 3 小时，得到了军部通令嘉奖。尽管如此，星野仍然感到十分害怕，毕竟中国军队里的神射手太厉害了。幸好对方使用的武器没有他的先进，枪的性能不稳定，远距离射击对他构不成威胁。否则，只要他进入对方的有效射程范围，根本逃脱不了。

还有几次，要不是星野用卑鄙无耻的手段伪装成中国军人，骗过了对方的眼睛，他早就罪有应得地死了。因为这些，抗战末期星野终于明白，他的罪永不可赎，尤其是他中枪被尼姑救活后，中国人民的宽容使他发现，无论是动物还是植物，每一个生命都是值得敬畏的。毫无疑问，当年鬼子入侵中国，无恶不作地屠杀着一个个鲜活的生命，这是对生命的蔑视。

十二

2012 年 4 月 21 日凌晨，躺在医院病床上的秋艺仍然没有停止回忆。她记得进入 1941 年春季，鬼子司令官高崎把自己能够掌控的兵力全部压向港城，采取迂回包围战术绕道将港城合围后发起总攻。高崎凭借先进武器，在大量的飞机轰炸、大炮轰击、燃烧弹和毒气弹交加施放下，中日双方在激战中打得十分惨烈，两军尸体堆积如山。

秋艺生病期间，高崎以葬送自己的众多同胞为代价，好不容易占领了港城。

这天晚上，高崎为了犒赏和激励有功的士兵，特地用车从上海拉来一批慰安妇，让士兵们轮流进入指定房间进行发泄。轮到星野时，他惊讶地发现，眼前的慰安妇竟然是妹妹芳子！他呆若木鸡，无论如何也不相信眼前的事实！

星野想不通芳子怎么会来到中国当慰安妇的。他在羞愤中闭上眼睛，想象着在家里的情景，心里突然变得很暖很暖。然而，当他睁开双眼时，又回到现实中，心里顿时沉到冰窖里。

星野很想听妹妹芳子解释，芳子却在屈辱和羞愧中泪如雨下。星野追问芳子是怎么回事。芳子好不容易才控制住情绪，在哭诉中将父母遇害以及边田少将骗她随军来到中国当慰安妇的经过说了出来。

星野想不到会有这样的结果！他气得浑身战栗，胸腔里那颗心紧紧地缩在一起，显得那么的脆弱无助。偏偏这时，外面排队的鬼子催促星野快点，星野立即想到妹妹即将成为他们发泄的工具，他在极度的痛苦中给了自己几个响亮的耳光，随即冷静下来。

他不敢想象，妹妹被那些和他一样禽兽不如的鬼子糟蹋时的惨状。为了不让妹妹被后面那些还在排队的鬼子残虐，他在极度的痛苦中狠下心来，泪流满面地朝芳子的胸膛开了一枪……

亲手杀死自己的妹妹后，星野既痛恨日本天皇及其大臣引发的这场侵略战争，又希望这场侵略战争尽快结束。于是，他在疯狂中进行着更加惨绝人寰的杀戮。这时的星野已经变得冷淡漠然，孤单绝望，没有人能走进他的精神世界。

这时的星野已经成为头号战犯高崎任意摆布的棋子。1942年，野心勃勃的高崎把魔爪伸向距离港城200里外的边城时，星野用装备六倍光学瞄准镜的三八式步枪射杀了将近500名的中国官兵。1943年，高崎在损失惨重的情况下进攻田城，星野在这一年里又杀害了300多名中国官兵。尤其是1944年6月22日，鬼子大部队向衡阳发起总攻，星野作为他们最有效的单兵杀人机器，在中国将士顽强坚守47天的日子里，他用狙击步枪远距离射杀了数百名中国抗战官兵。这样的杀人速度令人触目惊心！

衡阳沦陷后，鬼子大部队从湖南开始入侵桂林地区，星野跟随部队赶到灵川与中国军队血战8昼夜，中国军队击毙了鬼子1000多人，使他们在湘桂线正面受阻，不得不转兵东向。这次战役使星野预感到，鬼子的末日很快就要到来了。

1944年10月28日至11月10日，在残酷的桂林战场，中国不足两万人的守城将士在外无援兵、内无补充的情况下，面对十五万装备精良的鬼子却毫不畏惧地进行孤军奋战，英勇抗击。在整个战斗中，中国官兵与穷凶极恶的鬼子展开浴血奋战，尤其是广西地方民团组成的数千人敢死队，一个个身上都绑上手榴弹或者炸药，用自己的身体炸毁鬼子的坦克和登陆艇，场面可歌可泣。

星野亲眼目睹了这样一幕：

在中国军队里，有位敢死队员，抱着与鬼子同归于尽的想法，迅速将十来颗手榴弹捆绑在衣服里面，只露出一根引信，然后抓住绳子从楼上滑到地面。鬼子们将他团团围住，以为他害怕而主动投降，正在得意忘形，谁知他哈哈大笑，突然拉爆身上的手榴弹，随着一声巨响，十几个日寇飞上了半空。

诸如此类的壮举，使星野在心惊胆战中察觉到了这场侵略战争的悲惨结局。日军攻下桂林后，不敢停留在广西的星野请求高崎将他派回古城。高崎想到星野还有利用价值，以为星野贪恋秋艺的身体，欣然同意他回到古城日军驻地。

进入1945年春季，眼见大势已去的高崎在垂死挣扎下，仍然想作最后一搏，他计划对古城的抗日军队实施一次大规模作战，主要是针对日益活跃且力量不断扩大的共产党军队，同时力图摧毁古城的国民党军政机关。

然而，随着战局对鬼子的日趋不利，高崎在古城的战略地位全面下降，加上这时他的兵力不足，根本不敢深入古城四周的群山腹地，他的作战计划均未取得所预想的效果。无奈之下，高崎只好把部队里的狙击手全部抽出来，命令他们专门狙杀中国军队里的军官，希望起到震慑作用，以此来炸垮我军的抵抗意志。

在鬼子的狙击手中，星野是最佳射手，得到了头号战犯高崎的器重，高崎希望星野在短期内为他找到胜利的支点，让他打赢这场侵略战争。可结果是，高崎的阴谋诡计没有得逞，几次激战下来，中国军队损失不多，高崎却葬送了几个团的兵力。其间，他的王牌间谍佐佐爱在我军转头对日发起大规模反攻中战死，使他感到了末日来临。

同时也让星野在胆寒中嗅到了死神身上的气味。他无论如何都想不到，1945年初夏，他在一次潜伏作战中被八路军的狙击手王强射杀。

那天晚上月光如水，星罗棋布。星野潜伏在某高地，闷热的夏风迎面吹来，直往他的脖子里灌。他不敢有丝毫大意，始终保持头脑清醒，犹如幽灵般的趴在杂草丛中一动不动。

与此同时，王强也在耐心等待时机。凌晨时分，高崎首先派出轰炸机对我防守阵地进行轰炸，接着又放出一排野炮，炮弹铺天盖地呼啸而来，随着"轰隆、轰隆"的爆炸声，狼烟四起，尘土漫天飞扬，掀起的泥土弄得我军将士灰头土脸。

像所有坚守在阵地上的将士一样，王强也饱受着烟熏土埋的招待。他按捺不住愤怒的心情，一边暗骂鬼子，一边将狙击步枪放在最佳位置。他心里明白，鬼子惯用的伎俩是飞机之后到野炮，然后再让步兵往前冲。只要敌我双方进行激烈交战，鬼子狙击手就会通过瞄准镜迅速找到我军指挥官。

王强打开保险，紧握着枪把，犀利的眼神一直扫视着前方。果然不出所料，当鬼子们冲过来与我军将士展开激战时，星野利用六倍光学瞄准镜找到我军一位连长后，毫不犹豫地开了一枪，子弹准确无误地击中了连长的脑门。

星野开枪时，王强发现对面山上有一点火光一闪即逝，马上判断出是鬼子里的狙击手。他在激愤中熟练地端起枪，瞄准，果断地勾动了扳机，一颗子弹呼啸而去，正好射中星野的胸膛。王强的这一枪，吓得星野魂飞魄散，他不敢就地倒下，而是拼着最后一口力气往回撤退，在杂草丛中跑了一段路程，直到撤离阵地后，终于两眼一黑，"咚"的一声栽倒在芳草萋萋的阴沟里……

十三

2012年4月21日上午，美女警官刘丽红来到古城市人民医院换班，让民警张勇回去休息。她刚走进病房，白发苍苍的秋艺心里顿感温暖。在秋艺眼里，刘丽红的长相确实和她当年有几分相似。

　　每次都这样，一旦秋艺把注意力集中在刘丽红身上，她就会打开记忆这扇窗，往事就会从这扇窗里源源不断地涌出。尤其是在医院病房里，刘丽红的出现无疑是一道亮光，让秋艺在孤独包围着的异样宁静中，偷到了几分愉悦。

　　只不过是，这几分愉悦会让秋艺想到日本东京政府在钓鱼岛问题上做出的不理智行为，接着联想到二战期间日本侵略中国所犯下的滔天大罪。想到这些，秋艺就会气愤，就会痛苦。她恨当年的星野为什么成为日本天皇及其大臣们的帮凶，为什么成为战争要犯高崎的杀人机器。

　　记忆是一棵永远砍不倒的树。此时，秋艺凝视着站在病床边关心她病情的刘丽红，感动之余，她想到了1945年初夏发生在古城的那场战役。那场我军取得关键性胜利的战役，改变了秋艺的命运，让她逃离高崎的魔掌，重新恢复自由。

　　我军在那场战役中，除了枪杀边田，还吃掉边田掌控的兵力，直接打中了高崎的心脏，使他差点全军覆没。高崎望着眼前所剩无几的残兵败将，这个狗熊一样的头号战犯知道大势已去，只好在羞愧中剖腹自杀。

　　罪有应得的高崎死后，其他鬼子乱了阵脚，四处逃散。秋艺就是在这时候被八路军解救出来的。她获得自由的第一天，中枪后的鬼子星野正好从昏迷中清醒过来。

　　原来，星野被我军狙击手王强射中胸膛倒进阴沟昏迷时，古城郊外娘娘庙的尼姑正好路过那里，她见星野穿着眼熟的军装，以为星野是好人，因此冒着生命危险把他背到远离战场的娘娘庙里。

　　星野在娘娘庙养伤期间，尼姑暗中请医生把他胸膛里的子弹取出来。尼姑的善举，使星野渐渐感觉到自己犯下的罪行过于深重。

那段时间，星野中的枪伤还没有好，娘娘庙外的战争却越打越激烈。星野想到父母遇害了，显得很烦躁，不知道自己养好伤后何去何从。矛盾重重中，他常常把那支三八式狙击步枪拿出来擦了又擦，天天如此。每次擦枪，他都会认真总结经验，思考着当时他为了迷惑对方，穿的是中国军人的军装，为什么还会被对方识破。每次想到这里，他都会不寒而栗，感到前所未有的害怕。

有好几天，一旦有飞机掠过上空，星野就会紧张地进入娘娘庙主殿，看着尼姑在古色斑驳、面容慈祥的送子娘娘面前喃喃诵经。尼姑就是这么一个令星野捉摸不定的真人，她的生活永远是拜神和诵经，单调且枯燥。

她日复一日地伴随着棉花捻子吸吮香油的长明灯，将爱与恨一遍一遍地冲洗，将自己的灵魂一遍一遍地冲洗。星野以为尼姑一直在娘娘庙里贴着心的温暖与世无争，直到她羽化后，星野才发现并非如此。

那是 1945 年 6 月中旬，一个非常伤感的日子，一个因战事进入白热化阶段没有香客前来求送子娘娘恩赐的日子，一个乌云密布的日子，尼姑因病躺在后殿的床榻上休息。

正午时分，星野把煮好的稀饭端到后殿，在几盏忽明忽暗的油灯灯光照耀下，他发现尼姑早已羽化。这时的星野已经觉醒，他突然感到胸膛中的枪伤很疼痛：尼姑怎么就这样不声不响地走了呢？

星野在整理尼姑的遗物中，发现有个精致的小盒子，里面存放着一张发黄的相片。相片上是一个穿着军装的男人，很英俊。

星野百思不得其解：尼姑为什么会有这张照片？她和照片上的男人是什么关系？她和他曾经有着什么样的秘密？

这一切的一切，随着尼姑的羽化变成了谜团。星野暗想，这一切的一切，尼姑生前为什么不告诉我呢？再仔细想想，他突然明白了，感觉上是明白了。原来，每个人心中都有一座庙，庙里有着别人无法探知的秘密。人还在，庙还在，一切都还在。人走了，庙空了，一切都空了。

尼姑羽化后的第七天深夜，星野做了一个梦，首先出现在他梦里的是秋艺，接着是一群凶神恶煞的鬼子，他们争先恐后地向他猛扑过来，吓得他从噩梦中惊醒。

全身湿透的星野很奇怪自己为什么会做这样的梦。他痴呆呆地坐在床上，惶惶地呼吸。接下来连续一个星期，他做了同一个更可怕的梦，梦中总是有一颗子弹不知从何处呼啸而来，在他眼前放大，他刚想躲闪，子弹已经射进了他的胸膛。

这个噩梦一直延续到秋艺突然出现在娘娘庙的那天晚上。秋艺去娘娘庙，是因为她从一位医生嘴里得知有个狙击手在娘娘庙里养伤，根据医生的描述，秋艺总觉得这个人是冒充中国军人的星野。

那天晚上，星野特意把那支狙击步枪放在身边，眼睁睁地盯着窗户，手里握着尼姑留下的拂尘进行关于生命的思考。随着窗外晚风拂过枝叶发出的沙沙声，星野越来越恐慌，预感到死神已经向他一步步逼近，鬼鬼祟祟地让他看不见面目，却体会得到她即将带着一个孤独的灵魂隐去，那个灵魂即将离开他的肉身，飘去他无法预知的地方。

凌晨时分，窗外的不远处，银灰色月光照耀下，突然出现一个飘物，黑黑的一团朝着这边移动。星野睁大眼睛，渐渐感到毛孔扩张。当她来到卧室窗外，紧紧贴着玻璃窗往里窥视时，星野看得一清二楚，她的一双眼珠左右转动，仿佛两颗闪耀的星星。她站在窗外一动不动，就这么贴着玻璃往屋里瞧，像个初出茅庐的小偷。星野的心扑通扑通地跳得越来越快，越来越响。

过了好几分钟，她依然纹丝不动地站在窗外，有种希望星野打开窗户的意思。星野顾不上伤口的疼痛，迅速抓起那支狙击步枪，瞄准，只要她再动一动，哪怕是轻轻晃一下，他都会毫不手软地将她的头部打成一个大窟窿。

可是，她仍然纹丝不动，仿佛只是一个影子。星野感觉心脏就要爆炸了。也不知过了多久，他的心跳才渐渐恢复平静。他很奇怪自己竟然能够平静下来，仔细一想，才发觉她早已在窗外消失，没有留下一丝痕迹。

星野感到迷惑不解，甚至认为是自己产生了幻觉。他把狙击步枪放在床上，正准备去主殿给神台上的长明灯添油，谁知刚走几步，她又出现了，静静地站立在窗外，仿佛经过了一个世纪的思考，终于用手轻轻地敲击着玻璃，示意星野走过去。

星野呆若木鸡，旋即是一阵战栗！难道她是修炼千年的妖精？难道她有什么冤屈要对我倾诉？想到这里，星野身不由己地走到窗前拉开窗户，然后就傻了。

"秋艺，怎么是你？"星野吃惊中用纯正的中国话问。

"果然是你这个天杀的鬼子！"秋艺却气愤地说。

十四

"奶奶，你发现是那个日本鬼子星野后，他有没有像往常一样羞辱你？"美女警官刘丽红问。她已经从高龄老人秋艺的故事里猜出，秋艺私藏那支三八式狙击步枪的目的，甚至明白了秋艺提到的那颗子弹是怎么回事。

半躺半靠在医院病床上的秋艺看着刘丽红说："那天深夜，我发现在娘娘庙养伤的是鬼子星野后，打算找机会杀死他，可到了次日上午，我才知道自己对他下不了手。"

为什么下不了手？原来，那天上午，有十几个鬼子冲进娘娘庙主殿，他们的突然到来，使得秋艺和星野都始料不及。一见到他们，星野在惊讶之余顿感死亡的气息笼罩着娘娘庙。

这伙鬼子见星野穿着一身普通布衣，以为他是地地道道的中国百姓，并没有把他放在眼里，而是对秋艺目露淫光，兽性大发，争先恐后地扑向她。

关键时刻，星野终于良心发现。他强忍着胸膛上隐隐作痛的枪伤，握紧拳头朝着一个冲在前面的鬼子打去，用纯正的中国话怒吼："你们这群王八蛋，老子跟你们拼了！"

吃了星野拳头的鬼子转过身来，朝着他的肚子还了一个重击。紧接着，其他鬼子想到星野是他们的威胁，也纷纷朝他包围过来，十来支枪托凶猛地撞击在他身上，有几枪托正好击中他胸膛受伤的部位，痛得他脸颊的肌肉不停地抽搐着。

星野仰面跌倒后，鬼子们仍然没有停止对他的折磨，看架势，非得把他打死不可。扑扑扑扑扑……数不清的枪托撞击在他身上，发出了沉闷的声音。星野咬紧牙关，把即将流出嘴外的一口浓血和着唾沫咽回肚子里去。

就在星野胸膛上的伤口被枪托撞裂、痛得他即将昏迷时，这伙鬼子见他奄奄一息，以为他活不成了才转移目标，像一群饥饿的狼，在秋艺的叫骂声中把她抓走。

"不行，我不能昏迷，不能让他们糟蹋我喜欢的女人！他们是什么货色我最清楚，我绝不能忍受他们对她的蹂躏！"星野即将支持不住时，脑里不断闪现出这些念头。

他使劲睁开眼睛，不让自己沉睡过去，否则就会沉睡不醒，永远睁不开眼睛。他凭借着顽强的毅力，趴在地上一点一点地移动，结果奇迹般地站起来了。

他顾不上浑身针刺蛇咬般的疼痛，努力朝着娘娘庙后殿走去。后殿他睡觉的地方，床榻下面的隐秘角落，有他藏在那儿的狙击步枪以及几十发子弹。他要用这些子弹击穿鬼子们的头颅。

时间就是生命，必须争分夺秒，否则迟了一步，秋艺就会被这伙鬼子强暴，惨死在他们的狂笑声中。念头是行动的胚胎，一旦有了坚定不移的念头，星野浑身的疼痛就减轻了。

来到后殿，星野用造物主特地赐给他的无穷臂力，把事先藏好的狙击步枪和子弹取出来，沿着鬼子们的路线追赶。这伙鬼子是从战场上逃脱的残兵败将，来去匆匆，不敢进入城里，只能一个劲地往娘娘庙后面的荒草和树林里逃窜。

想到娘娘庙后面除了山还是山，星野发疯般地进行追击，虽然他与这伙鬼子越来越拉开了距离，但他使用的武器是狙击步枪，射程远而精准，哪怕前方有杂草或者低矮的树林摇晃，他都会迅速瞄准，只要鬼子的人头露出来，他就会抓住瞬间即逝的机会，将子弹射击出去，打得那个鬼子脑袋开花，命丧当场。

星野不声不响地干掉九个鬼子后，其他鬼子不敢继续前进了。他们害怕在前进中暴露，莫名其妙地被身后飞来的子弹射穿后脑。他们找了个隐秘的地方潜伏下来，耐心等待星野的出现。

秋艺识破了这伙鬼子的阴谋，拼命喊叫。鬼子们发觉不妙，迅速用手堵住秋艺的嘴巴。尽管如此，他们还是暴露了目标。有个鬼子自作聪明，打算用秋艺作为掩护，另外找个地方躲藏，结果他的计划失败了。他刚把秋艺拉站起来，还来不及用她的身体挡住他的身体，星野已经瞄准他的额头，果断地开枪，一颗子弹呼啸而去，瞬间取了这个鬼子的狗命。

剩下的七个鬼子发现又有一个同伴倒下，估计星野还潜伏在原来的地方，因此在疯狂中朝着那个方向开枪。过了几分钟，不见那边有动静，他们认为星野已经被乱枪击中，不约而同地站起来往密林深处跑。然而，他们还没有逃出射程范围，就被星野准确无误地干掉了。

秋艺获救后，见星野被这伙死有余辜的鬼子用枪托撞击得浑身是伤，心里着实矛盾，加上她发现星野有了好的表现，最后还是放弃了杀死他的念头。

接下来的日子，秋艺留在娘娘庙里陪星野养伤。星野很感动，他想不到被自己多次强暴过的秋艺会这样宽容，终于认识到他曾经犯下的罪孽是何等的深重，同时认识到了他的罪永不可赎，唯一能减轻的方式就是在反省中不停地忏悔。

即使是这样，星野仍然在每天夜里做着同一个噩梦，那颗不知从何处呼啸而来的子弹总是在他梦中放大，他刚想躲闪，子弹已经射进他的胸膛。每次都一样，星野被噩梦惊醒后惶恐不安，感受到了害人害己后人格分裂的痛苦。

其间，星野在忏悔中把他加入这场侵略战争的经过说给秋艺听，连他父母在日本遇害以及妹妹芳子被骗到中国当慰安妇的事也说出来了。

1945 年 8 月中旬，日本宣布无条件投降后，星野想到已经国破家亡，想到自己被逼无路下用枪射杀了十几个恶魔同胞，回去只是死路一条。星野在痛苦中，用步枪上的刺刀结束了自己的生命……

秋艺老人结束回忆，望着刘丽红说："我私藏那支步枪的目的，主要是希望它能时时告诫我不忘国耻，不忘自己曾经无数次惨遭羞辱。现在我把它交出来，目的是告诫日本东京政府千万不要在钓鱼岛上动邪念，否则会玩火自焚，有着当年星野相同的下场！"